어차피 오늘이
그리워진다

어차피 오늘이
그리워진다

초판 1쇄 발행  2022년 4월 12일

글·그림  언언

펴낸이  강기원
펴낸곳  도서출판 이비컴

편  집  한주희
일러스트  언언
마케팅  박선왜

주  소  서울시 동대문구 천호대로 81길 23, 201호
전  화  02)2254-0658  팩  스  02)2254-0634
메  일  bookbee@naver.com
출판등록  2002년 4월 2일 제6-0596호
ISBN  978-89-6245-198-6  03810

# 어차피 오늘이
# 그리워진다

언언 글·그림

**들어가며 하나**

고등학교 다닐 때의 일이다. 쉬는 시간이라 책상에 엎드려 자고 있는데 누군가가 나를 흔들어 깨웠다.

"가언아, 담임이 너 부르는데?"

"나를? 나를 왜."

"몰러, 빨리 좀 오래."

졸려서 반쯤 감긴 눈으로 교무실을 찾아갔다. 담임이 날 왜 부르지? 나는 잘못한 게 없는데.

당시 나는 반에서 눈에 띄지 않는 학생이었다. 교무실에서 담임선생님이 날 부를 땐 보통 두 가지 이유였다. 무료 급식 신청서를 빨리 내라는 말을 하기 위해서, 혹은 요즘 어떻게 지내냐는 안부를 묻기 위해서.

드르륵.

"어, 가언아. 여기 앉아라."

담임선생님이 날 향해 의자를 돌려 앉았다.

"네가 이번에 쓴 글, 교내 1등이다. 축하한다. 교장 선생님 상 받을 거야. 그런데 그게 교내 신문에 실려야 되는데."

"교내 신문이요?"

전교생 글쓰기 대회였다. 가족을 주제로 뭘 쓸까 하다가, 가난한 어린 시절과 부모님의 이혼, 반지하 셋방살이에 관한 이야기를 썼다. 어차피 선생님만 보는데 뭐가 부끄럽겠나, 하는 생각이었다. 하지만 그 글이 교내 신문에 실린다면 나의 치부가 만천하에 공개되는 셈 아닌가. 친구들에게 가난을 숨기기 위하여 얼마나 노력했는데, 그건 안 될 일이다. 수상을 기뻐할 겨를도 없이 고개를 저었다.

"저... 교내 신문에는 안 실리고 싶은데요."

담임선생님은 난감한 표정을 지었다. 그리곤 꺼내기 어려운 이야기를 하듯 말을 이었다.

"그럼 교장 선생님 상도 못 받을 거야. 정말 괜찮겠니?"

얼마나 해보고 싶던 전교 1등이었나. 성적도, 성격도, 외모도, 집안도 무엇 하나 잘난 것이 없는 나였다. 전교 1등은 이번 생에 불가능하다고 여겼는데 가난으로 전교 1등을 했다. 기분이 이상했다. 교장 선생님 상을 받으면 강대상에 올라갈 것이다. 전교생이 보는 교실 TV에도 나올 것이고. 살면서 처음으로 찾아온 기회였다. 앞으로도 영영 없을지 모른다. 그렇지만 들키고 싶지 않았다. 고민할 필요도 없었다. 얼마간 단호한 마음으로 담임선생님에게 말했다.

"네. 괜찮아요. 어쩔 수 없죠. 뭐..."

"그래 알겠다. 가보렴."

"안녕히 계세요."

꾸벅, 인사를 하고 교무실을 나왔다. 상을 받았지만 아무에게도 말할 수 없었다. 담임이 왜 불렀냐고 묻는 친구에게, 그냥 별말 아니던데, 라고 얼버무렸다.

며칠 뒤, 교실로 배달된 교내 신문에는 2등 상을 받은 아이의 글이 실려 있었다. 1등이 누구인지, 왜 2등의 글이 실린 건지 아무도 궁금해하지 않았다. 그 페이지를 만지작거리면서, 여기에 내 글이 실릴 수도 있었는데, 생각했다. 아쉬운 마음이 들었다.

그날도 여느 날과 똑같은 아침이었다. 늦잠을 자서 머리를 못 감고 나왔지만 조금밖에 떡지지 않았으니 하루는 버틸 수 있을 것 같다고 교실 뒤에 걸린 거울을 보며 생각했다. 바로 그때, 스피커에서 안내 방송이 나왔다.

"2학년 5반 허가언은 지금 바로 교장실로 와주세요."

순간 죄지은 사람처럼 깜짝 놀랐다. 담임선생님은 교장 선생님 상을 받아야 하니 얼른 내려가 보라고 말씀하셨다. 아, 그거 방송 나오는 거 아니야? 나 머리 떡졌는데! 하, 내 앞머리!

"가언아 나 떡진 머리에 뿌리는 파우더 있는데 뿌려줄까?"

톡톡, 톡톡 톡.

앉아있는 친구들을 뒤로하고 교실 문을 나섰다. 아무도 없는 복도가 어색하게 느껴졌다. 모두 조회가 시작하길 기다리고 있을 것이다. 텅 빈 복도에 나의 발소리만 울렸다. 타락 탁탁. 계단을 내려갈수록 심장이 떨렸다.

'와, 나 진짜 상 받는 거야? 대박이네!'

교장실에 도착하니 다른 수상자들이 의자에 앉아 자기 차례를 기다리고 있었다. 빈 의자에 앉아있다가 내 이름을 부르는 교장 선생님의 목소리에 상장을 받아들고 교실로 돌아왔다. 쉬는 시간이 되자 옆 반의 친구까지 나에게 달려와 물었다. 도대체 무슨 상을 받은 거냐고. 그때는 말하지 못했다. 내가 어떤 글을 썼는지, 나의 삶이 어떻게 다른지 말이다.

부끄럽다고 생각하는 일을 부끄럽지 않다고 여기기까지 많은 시간이 필요했다. 울면서 잠든 밤을 헤아릴 수 없고, 그 밤보다 더 많은 사람에게 사랑을 받았다.

그런 의미에서 이 책은 나 혼자 쓴 책이 아니다. 별 볼 일 없고 눈에 띄지 않는 나를, 특별하고 존귀한 사람처럼 생각하고 아껴준 사람들에게 고마움을 전한다. 특히 나의 인생에서 빼놓을 수 없는 하나님 아버지께 깊은 감사를 드리고 싶다.

2022년 봄, 언언

*일러두기

본문에 나오는 한국 사람들의 이름은 모두 가명을 사용했습니다.

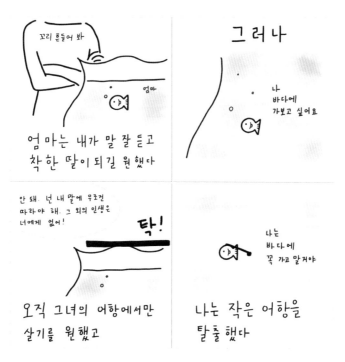

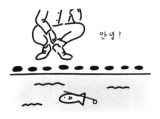

바다로 가는 길에 만났던
예전 남자친구는

나의 자유로움을 사랑했지만
오직 그의 정원에서만
내가 자유롭기를 원했다

어느 날,
나는 그의 연못을 탈출했고

너를 만났다

음... 바다?
잠깐 안

...

자! 가자!

부스럭
부스럭

너는 내가 가는 곳
어디나 함께 했다

우와~!
신난다~~!

바다를 두려워했지만
바다로 뛰어들었다
나를 믿고

나는 어디든 갔다
너를 믿고

# 차례

## Part1 네 마음이 가장 중요하니까 동남아시아

## Part2 내가 우울증이라니 <sub>인도</sub>

**Part3** 사람에 웃고 사람에 빡치고  네팔·이집트

**Part4** 춤추듯 인생을 사는 법 유라시아

**여행을 시작하며** _ 기내 수하물 7kg으로 떠난 세계일주

## 세계여행의 시작

"평생 꿈인 세계여행을 가고 싶어. 진심으로 너와 함께 하고 싶지만 너의 선택을 존중해. 네가 한국에 남겠다면 혼자라도 다녀올게."

떨어지는 벚꽃 잎 때문인지, 아니면 꿈이 현실이 되는 순간이 코앞에 다가와 설렌 건지 잘 모르겠다. 붕 뜨는 마음을 숨기고 짐짓 진지한 표정으로 지태에게 말을 꺼냈다. 내가 하고 싶은 일이라면 그게 뭐든 따라주던 그였지만 세계여행을 함께 가자고 조를 수는 없었다. 안정적인 삶에 가치를 두고 일상의 안온함을 사랑하는 그였으니까.

영화 《작은 아씨들》의 맏이 메그 마치가 결혼하는 날, 모험을 좋아하는 둘째 조가 "시시한 결혼일랑 하지 말고 함께 도망가자."라고 했을 때, 메그는 이렇게 말했다.

"네 꿈과 내 꿈이 다르다고 해서 내 꿈이 중요하지 않은 건 아니야."

누군가에겐 모험이 없는 하루는 평범하고 시시한 일상이라도 중요한 의미가 있다. 지태는 하루빨리 경력을 쌓아서 자리를 잡고 싶어 했다. 세계여행을 떠난다면 아마도 나이가 들어서, 막연한 '언젠가'라고 생각하고 있었다.

함께 가고 싶다는 나의 말에 그는 아무 대답도 하지 않았다. 어쩌면 거절이겠지, 생각하며 며칠이 흘렀을까. 그가 말했다.

"그래, 같이 가자."

결심하기까지 나의 설득도 있었겠지만 회사의 계속되는 거짓말도 한몫했을 것이다. 그는 대학교를 졸업하기 전, 교수님이 본부장으로 있는 유명 건축회사에 추천받아 들어갔다. 정직원 채용을 약속받고 입사했지만 본부장은 사정이 좋지 않다며 말을 바꿨다. 조만간 정직원으로 전환해주겠다는 말만 되풀이했다. 그렇게 일 년 가까이 계약직이란 이유로 보이지 않는 차별을 받았다. 똑같은 시간에 동일한 업무를 해도 월급은 더 적었다. 야근해도 (정직원은 지급되는) 택시비가 나오지 않았다. 정직원 카드키가 없어서 프린트나 복사도 마음대로 못했다. 급할 땐 다른 사람의 카드키를 빌려서 해결해야 했다. 기약 없이 계약직으로 계속 있으니 세계여행을 가보는 것도 괜찮겠다고 생각한 그가 사표를 낸 것이다.

3개월 뒤 한국을 떠야겠다는 결심 후에 닥쳐온 것은 현실이란 칼바람이었다. 집 계약 기간을 채우지 못하고 방을 빼겠단

소리에 집주인은 100만 원을 요구했다. 조물주 위에 건물주라고 했던가. 하루하루 이사 갈 날짜는 다가오는데 부동산에선 연락이 없다. 그래 까짓 100만 원, 아깝지만 별수 있나. 세계여행이 더 중헌디. 그렇게 시간이 흘러 방 빼기 하루 전, 기적처럼 다음 세입자가 나타났다!

### 여행의 시작은 짐싸기부터

세계여행을 가기로 하고 가장 먼저 한 일은 비싼 속옷 가게에 들른 것이다. 속옷 가게를 지날 때마다 쇼윈도에 걸려있는 빨갛고 야한 팬티를 보면서, 나는 차마 못 들어가겠다, 생각했던 그곳을 말이다.

"뭘 찾으세요?"

멀뚱히 서 있는 우리에게 점원이 물었다.

"저... 빨리 마르는 팬티 두 장만 주세요."

점원은 와인 색상의 망사 재질로 된 팬티를 보여주며 말했다.

"이게 땀도 빨리 흡수하고, 빨래해도 금방 말라요."

"아, 그럼 이거로 할게요."

더 둘러보지도 않고 점원이 건네준 와인색 팬티 두 장을 결제했다. 이제 이 팬티 두 장으로 일 년을 살아야 한다.

집으로 돌아와 세계여행에 가져가고 싶은, 혹은 필요할 것 같은 물건들을 늘어놓고 고민에 빠졌다. 짐을 얼마나 싸야 할까? 지태와 나는 평생 저체중에 저질 체력으로 살아왔다. 사람들은 그를 보면 안부 인사 대신 이렇게 말했다.

"요즘 살이 더 빠졌네."

그의 몸무게는 변화가 없었지만 그는 구구절절한 설명 대신 웃고 말았다. 체력이 없으니 가방 쌀 때 더욱 신중해야 했다. 다른 여행자들을 보면 앞뒤로 가방을 20㎏씩 메고 다니던데 그것이 정말 가능한 일인가. 우리에겐 10㎏도 무리인데. 비행기를 탈 때마다 추가 수하물을 구매하는 것도 가벼운 통장잔고에 미안한 일이다. 무료 기내 수하물인 7㎏에 맞춰 짐을 싸기로 했다. 그런데 화장품은 어쩌지? 어쩔 수 없이 미모를 포기해야 하나, 고민하고 있는데 한 블로그에 이런 말이 적혀있었다.


"꼭 가져가고 싶다면 그냥 챙기세요! 여행 오면 안 챙긴 걸 후회합니다!"

못 이기는 척 화장품 파우치를 가방에 쑤셔 넣었다. 남는 건 사진뿐인데 예쁜 모습으로 사진을 찍고 싶다. 그리고선 마지막까지 고민하던 디카는 챙기지 않았다. 요즘은 휴대폰이 더 잘 나오니까.

딱 10년째 꿈만 꾸던 세계여행을 떠난다. 늘 시간과 돈이 문제라고 생각했는데 어쩌면 문제는 용기가 아니었을까.

여행을 떠나는 날, 공항까지 배웅해준 절친 현미와 막냇동생 희옥이를 뒤로하고 출국장에 들어섰다. 몸집만 한 배낭을 메고 기념사진을 한 장 찍는데 지태가 말했다. 우리, 앞으로 잘 지내보자고.

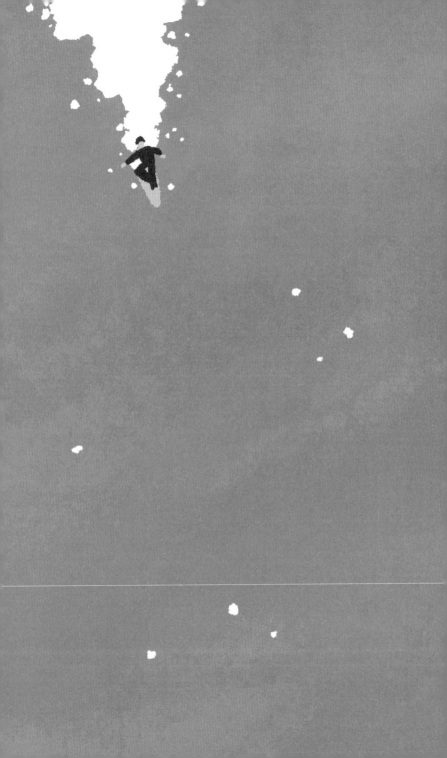

Part 1

네 마음이 가장 중요하니까

# 하고 싶은 것을
# 하는 용기

인도네시아 발리



줄리아 로버츠 주연의 영화《먹고 기도하고 사랑하라》의 배경이 되어 유명해진 빠당빠당 비치. 이제는 조금 능숙해진 오토바이를 몰고 빠당빠당 비치로 향했다. 오토바이에 서핑보드를 싣고 가는 사람들이 종종 보이는 걸 보니 목적지에 거의 다 왔나 보다. 영화가 개봉하기 전 누드 비치로 유명했다는데 와 보니 그 이유를 알 것 같다. 사방이 산으로 둘러싸여 있어 모르고 지나치기 딱 좋다.

좁고 가파른 계단을 내려오니 작은 해변이 나타났다. 영화 개봉 후에는 관광객이 많아져 누드 비치로서의 명성은 사라졌다. 그래도 여전히 많은 사람이 모여 태닝이나 서핑을 하고 있었다. 수영복을 가져올 걸, 잠시 생각했지만 아쉽지 않다. 내일 또 오면 되니까. 시원한 바닷물에 발을 담그고 생각했다.

'이래서 한 달 살기가 좋구나.'

고소한 냄새가 나서 주위를 둘러보니 발리에 오면 꼭 먹어보라던 그릴에 구운 옥수수를 팔고 있었다. 옆에서는 예쁜 비치 스카프와 수영복도 팔고 있었다. 한참을 서성거리며 고민하고 있으니 주인아줌마가 말을 걸었다.

"둘 다 사면 반값에 줄게."

주인아줌마의 윙크에 못 이기는 척 지갑을 열었다. 저 멀리 옥수수를 들고 걸어오는 지태가 보였다. 발리 느낌이 물씬 나는 비치 스카프와 비키니를 그에게 펼쳐 보였다. 내가 비키니를 사다니. 한국이었다면 살까 말까 100번은 고민하다 안 샀을 것이다. 점점 다른 사람들의 시선을 신경 쓰지 않나 보다. 내가 생각해도 내가 신기하다. 그런 용기가 자꾸 생긴다. 하고 싶은 것을 하는 용기.

장바구니에 담긴 꽃무늬 원피스를 한참 보다가 화면을 꺼버린 적이 있다. 한 번도 시도해보지 않은 스타일이라 두려웠다. 돈을 날릴까 봐, 어색할까 봐, 실패할까 봐. 그동안 나한테 어울릴 것 같은 옷만 찾아다녔다. 입어보고 싶어도 주위에서 "너랑 안 어울려."라고 말하면 내려놓았다. 화장품을 살 때도 마찬가지였다. 화장품 파우치 속에는 언제나 비슷한 색상의 립스틱만 가득했다. 오렌지 색상의 립스틱을 한 번 발라보면 어떨까, 생각은 해봤지만 실제로 해본 적은 없었다. 내 피부색과 안 어울릴 것 같다는 점원의 말 때문이었다.

여행 떠나기 전 미용실에 들렀다. 애지중지 길러오던 긴 머리를 자른 것이다. 긴 머리를 유지하는 데는 생각보다 많은 시간과 노력이 필요하다. 샴푸 후 트리트먼트는 물론 헤어 에센스를 바르지 않으면 긴 머리가 엉키고 빠지고 난리가 난다. 무료 수하물 무게에 맞춰 짐 가방을 꾸린 장기 여행자에게 트리트먼트나 드라이기는 사치다. 긴 머리를 포기할 수밖에. 아쉬운 마음에 미용실 사장님에게 유명 연예인 브릿지 사진을 보여주며 말했다.

"저 브릿지도 넣고 싶은데."

사장님은 내가 가져온 사진을 보더니 고개를 저었다.

"브릿지 넣지 말아요!"

"나중에 개털 되는데?"

"정 하고 싶으면 브릿지 가발 있으니까 그거 사서 몇 번 기분 이나 내든지!"

단호한 세 번째 거절에 더는 아무 말도 하지 못했다. 돈을 쓰고 싶다는데 말려주다니 너무 친절한 사장님 아닌가. 그렇게 머리만 자른 채 미용실을 나왔다. 그게 지금까지 후회가 된다. 그깟 머릿결이 뭐라고. 상하면 자르고 다시 기르면 되는 건데. 역시 사람은 자기가 하고 싶은 일을 하면서 살아야 한다. 특히나 나의 포기가 주변 사람의 만류 때문이라면 더더욱 휩쓸리지 말아야겠다. 하지 못하는 데서 오는 후회는 오롯이 내 몫이니까. 꽃무늬 원피스도, 오렌지 립스틱도 그렇다. 그동안 왜 그렇게 참고 살았을까? 꼭 잘 어울리는 것만 해야 할까? 애당초 그런 건 누가 정하는 걸까?

그런 생각이 들자 선택의 기준이 바뀌었다. '이 립스틱 색상이, 옷 디자인이, 헤어스타일이 나에게 어울릴까?'라는 질문은 더 이상 중요하지 않다.

"해보고 싶어? 그럼 해봐!"

안 어울려도 괜찮다. 입고 싶은 옷을 입자. 이 말이 나를 자유롭게 했다. 결과를 두려워하지 말아야겠다. 나 자신을 평가하거나 점수를 매기지 말아야지. 그리고 나도, 다른 사람들에게 오지랖 부리지 않을 거야. 대신 이렇게 말해줘야지.

"하고 싶으면 그냥 해. 네 마음이 가장 중요하니까."

# 수영 쪼렙의
# 물 공포증 극복기

인도네시아 발리


없어도 되지만 있으면 세계여행을 더욱 풍요롭게 만들어주는 세 가지가 있다. 바로 '영어, 운전, 수영'이다. 여행 중 부당한 일을 당했을 때 따질 수 있을 만큼의 영어는 한다. 제주도 스쿠터 일주를 통해 운전 경험도 갖춰 왔다. 그러나 수영만은 영 젬병이다. 지중해 어디쯤에서 멋있게 수영할 날을 기대하며 6개월이나 배웠는데 초급반을 벗어나지 못한 채 출국했다. 아마 3개월을 더 배웠어도 초급반이었을 것 같다.

수영 학원에 다닐 때 물이 코로 들어올 때마다 이대로 익사할까 봐 두려웠다. 물 공포증은 불치병처럼 쉽게 사라지지 않았다. 공포심에 수영을 멈추고 일어설 때마다 뒤에서 거칠게

소리치는 강사는 물보다 더 무서웠다. 한 시간 동안 똑같은 동작을 반복하는 것도 지루했고, 수영하기 전후로 샤워하고 젖은 수영복을 널어놓는 것도 귀찮았다. 그랬던 내가 발리에 와서 파도를 사랑하게 되다니. 여행은 많은 것을 가능하게 한다.

발리 바다는 수심이 깊지 않고 파도가 세서 서핑엔 그만이다. 전 세계 사람들이 서핑하기 위해 모이는 곳이라니 말 다 했다. 물에 빠지는 게 두려웠지만 서핑 천국 발리까지 와서 서핑을 안 하고 간다면 후회할 것 같았다. 그래, 우리가 언제 또 해보겠냐, 싶은 마음에 서핑으로 유명한 꾸따 비치를 찾았다. 서핑 강사 요코에게 기본 동작을 배우고 바다로 들어갔는데 이게 웬일, 첫 시도 만에 보드를 타고 일어났다! 겨울마다 스노보드 타던 게 도움이 되었던 것이다. 파도를 타는데 마음이 두근거리기 시작했다.

"파도여!! 내게 오라!!!"

보드를 띄워 바다 깊이 들어갈 때마다 머릿속에 장군 같은 목소리가 울렸다. 몸에 중심을 잃는 순간 바다로 빠지는데 전혀 두렵지 않았다. 파도를 기다리는 일이 설레기까지 했다. 보드 위에 올라탄 짧은 순간마다 파도의 일부가 되는 것 같았다.

제멋대로 와서 자유롭게 춤추다가 사라지는 파도와 향방을 함께할 수 있다니, 서핑 너무 매력적이잖아!

재미도 있고 재능도 있는데 문제는 체력이 없었다. 서핑 서너 번 만에 해변으로 올라왔다. 저 멀리 보드 위에 아직도 서지 못하고 바다에 계속 빠지기만 하는 지태가 보였다. 수업이 끝나기 직전, 마침내 성공해 의기양양한 표정과 살짝 지친 기색의 지태가 내 곁으로 왔다.

"계속 넘어지기만 하니까 오기가 생겨서 끝까지 탔어. 마지막에 일어나서 다행이다. 휴."

빌려 입은 래시가드를 반납하고 요코에게 작별 인사를 건넸다.

"오늘 서핑 가르쳐줘서 고마워, 요코! 너무 재밌더라. 내일 또 올게!"

요코는 좋은 후기를 남겨달라며 웃어 보였다. 물론이지, 너는 내가 만난 최고의 서핑 강사인걸!

다음 날 아침, 눈을 떴는데 몸을 꼼짝할 수 없었다. 근육이 몸 어디에 달려있는지 절로 느껴졌다. 근육통에 다리가 후들후들 떨리고, 물에 빠지면서 무릎을 찧었는지 시퍼런 피멍까지 들어

있었다. 오늘도 서핑 배우러 가겠다고 요코와 약속했는데 어쩌지.

"우리 그냥 나시고랭이나 먹으러 가자."

지태와 집 근처 단골 식당으로 향했다.

"서핑은 한 번이면 충분하지? 역시 잘 먹고 잘 쉬는 게 제일 좋다."

요코와의 약속은 언젠가 지킬 날이 올 거야. 여행은 그런 거니까.

# 오늘도 바다로
# 출근합니다

인도네시아 발리

예상치 못하게 흘러가는 것과 그로부터 오는 기쁨이 바로 여행의 묘미 아닐까. 계획에 없던 발리 북동쪽 끝에 위치한 페무테란에 가게 되었다. 프리다이빙 자격증 AIDA2 취득 비용을 발리 최저가로 해준다는 약속 하나만 보고 말이다.

우리가 있는 우붓에서 페무테란까지의 거리는 약 130km로, 서울에서 세종까지의 거리와 비슷하다. 한 가지 다른 것은 발리의 도로 상황이 한국만큼 좋지 않다는 것이다. 스쿠터에 몸을 싣고 구글맵을 의지해 여기저기 공사가 진행 중인 비포장 도로와 산길을 지났다. 한참을 달렸는데도 페무테란은 멀기만 하다.

꼬박 6시간을 운전해 페무테란에 도착했다. 거울을 보니 얼굴은 매연으로 숯검댕이가 되어있었다. 아니 근데, 페무테란 숙소는 왜 이리 예쁜 거야? 천장이 뚫린 화장실이라니 이런 창의적이고 낭만적인 화장실을 봤나!

페무테란 숙소의 천장 뚫린 화장실

"뭐라고? 너랑 얘기한 사람이 누구야?"

다음 날 아침 찾아간 프리다이빙 스쿨에서 슈퍼바이저 카렌이 놀란 눈으로 되물었다. 옆에 있던 강사 바구스도 믿을 수 없다는 표정이었다. 내가 듣고 온 가격은 말이 안 된다며 보스에게 확인 전화를 할 동안 기다려달라고 했다. 아, 내가 얘기한 사람이 보스였구나. 하긴 내가 생각해도 턱없이 싼 가격이긴 했다. 안쪽에서 한참을 통화하던 카렌이 어쩔 수 없다는 표정으로 전화를 끊고 나왔다. 그녀는 우리에게 운이 정말 좋다고 했다. 그리곤 어깨를 들썩여 보이며 바구스에게 강사비는 못 줘서 미안하게 됐다고 농담을 던졌다. 불쌍한 표정을 지어 보이는 바구스를 보고 모두 웃음이 터졌다.

　프리다이빙 자격증을 따기 위해 그 먼 거리를 왔는데 아직 완벽하게 극복하지 못한 물 공포증 때문에 자격증 취득은 실패로 돌아갔다. AIDA2 수업을 듣기 위해선 AIDA1의 몇 가지 시험을 통과해야 하는데, 그중 하나인 수심 10m 잠수를 하지 못한 것이다. 새까만 바다 밑으로 길게 떨어진 줄을 붙들고 내려가자니 아무것도 보이지 않는 데서 오는 공포와 숨을 쉬지 못해 죽을 수도 있다는 생각이 나를 덮쳤다. 발이 닿지 않는 깊이에서 수영이 익숙하지 못한 지태도 두려움에 떨며 바구스를 놓지 못했다. 스노클 마스크에 물이 들어올 때마다 바구스를 구명 튜브 삼아 매달려 있는 모습이 꼭 고목에 매미 같았다. 몇 번의 실패 끝에 육지로 돌아온 우리에게 바구스가 말했다.

"스노클링과 수영에 더욱 익숙해진 후 프리다이빙을 배울 수 있어. 페무테란은 발리 사람들이 태양광을 이용해 산호초를 키우고 있는 곳이라 허리춤의 깊이에서도 아름다운 물고기와 산호초를 볼 수 있어. 이곳에 며칠 더 묵으면서 바다와 친해지는 게 좋겠어. 지태를 위한 도수 스노클 마스크와 슈트는 얼마든지 빌려줄게."

그날부터 우리는 매일 바다로 출근했다. 아침에 일어나 조식으로 나오는 팬케이크, 커피, 과일을 먹고 아직 덜 마른 수영복으로 갈아입었다. 선크림을 대충 바르고 돗자리와 스노클 마스크, 튜브를 챙겨 집에서 5분 거리의 해변으로 향했다. 수영도 하고 책도 읽다 보면 금세 배가 고파왔다. 짐을 챙겨 늘 가던 식당으로 갔다. 메뉴는 언제나 나시고랭과 워터멜론 주스였다.

식사를 마치고 해변으로 돌아와 뜨거운 태양을 피해 나무 그늘에 누웠다. 오후의 나른함과 기분 좋은 배부름이 느껴졌다. 불어오는 바람에 실려 온 바다의 짠 내음과 철썩거리는 파도 소리가 이렇게 말하는 듯했다.

"이제 낮잠 잘 시간이야."

해가 제 기운을 잃은 오후 3시, 아쉬운 마음에 마지막으로 바다에 뛰어들었다. 그리고 집으로 돌아와 천장이 뻥 뚫린 화장실에서 바다 냄새를 닦아내고 젖은 수영복을 널어놓았다. 한국에서 받아온 드라마를 틀어놓고 치킨에 맥주 한 캔을 땄다. 내일의 출근을 기대하면서.

"오늘도 참 행복했다, 그치?"

"완~전."

# 행복하게 사는데
## 필요한 것은 별로 없다

태국 끄라비

 

 

 

꿈같은 발리 여행을 마치고 동남아 일주를 시작했다. 오랜만에 비행기를 타서 기분이 좋았으나 경유지였던 말레이시아에서 걱정하던 일이 벌어졌다. 검색대 입구에서 직원 두 명이 가방 무게를 검사하는 것이었다. 급하게 발을 돌려 구석에 있는 저울에 가방을 달았다. 내 가방은 10kg, 지태 가방은 12kg으로 무료 수하물 무게인 7kg을 훌쩍 넘겼다. 짐이 언제 이렇게 늘어났을까. 아까운 것들을 잔뜩 버리고 옷을 두세 겹 껴입었다. 무거운 물건은 비닐봉지에 별거 아닌 척 집어넣어 배낭 무게를 맞췄다. 자연스럽게 입구를 지나는데 직원이 불러 세울까 봐 조마조마했다. 검색대를 한참 지나 껴입은 옷을 벗으며 생각했다.

'필요하다고 생각해서 무겁게 들고 다녔는데 꼭 필요한 물건도 아니었네.'

그리고선 면세점에서 바비 브라운 립스틱을 샀다.

이름도 생소한 태국 끄라비에 온 이유는 SNS에서 스치듯 봤던 사진 한 장 때문이다. 인생 사진 하나 건지겠다고 자신만만하게 시작한 등산은 저질 체력 탓에 고작 30분도 못 가고 후회로 변해버렸다.

전망대에 힘들게 도착했으나 또 다른 난관이 우리를 기다리고 있었으니, 그곳은 사진 찍기도 고통스럽고 찍히기도 고통스러운 낭떠러지 그 자체였다. 지태는 토할 것 같다며 사진 찍기를 포기했다. 나는 눈을 꼭 감고 아무렇지 않은 척 절벽 끝에 다가가 앉았다. 바람이 솔솔 불 때마다 깃털보다 무거운 내가 천리 낭떠러지로 떨어질까 두려워 속이 메슥거렸다.

지태의 오케이 사인을 듣고 후들거리는 마음을 진정시키며 지렁이처럼 느릿느릿 기어서 돌 아래로 내려왔다. 인터넷에 돌아다니는 사진처럼 절벽에서 서서 찍었다간 여행 가기 전 가입한 여행자 사망 보험금을 받을 수 있을 것 같았다. 하산하려니 비가 한두 방울씩 떨어졌다. 큰일이다. 빨리 내려가야지.

먹구름이 몰려오는 끄라비 탑칵항낙 전망대에서

정수리에 차갑게 떨어지는 빗방울이 이마로 흘러내려 와 시야를 가렸다. 먹구름도 갈수록 몰려오는지 방금까지 환했던 숲이 어두워지고 있다. 이대로 산에서 길을 잃으면 어쩌나, 발걸음을 재촉했다. 땅은 젖어서 질퍽했고 신발은 진흙 때문에 더러워졌다. 습한 날씨와 땀이 뒤엉켜 몸에서는 이상한 냄새가 났다. 꼬락서니가 말이 아니다.

다행히 지나가는 소나기였던지 비가 멎고 해가 떴다. 다시 비가 올까 봐 서둘러 숙소로 돌아왔다. 욕조에 뜨끈한 물을 받고 한껏 여유를 부렸다. 핸드폰에서는 마침 좋아하는 노래가 흘러나왔다.

'아, 너무 좋다. 진짜 행복하다.'

온몸이 찝찝하긴 했지만 비 오는 날 등산도 꽤 즐거운 경험이었다. 내리는 비를 피하지 않고 맞으며 걷는 일이 얼마 만인지 모르겠다. 늘 비를 피하기만 했었는데 말이다. 우산이 없을 때 내리는 비가 즐거울 수 있다니 놀라운 일이다.

### 행복의 조건

공항에서 뺏기듯 물건을 버린 지도 벌써 며칠이 흘렀다. 필요하다고 믿었던 물건들이 없어졌는데 내 여행은 생각보다 불편해지지 않았다. 오히려 좋은 점도 있었다. 가방이 가벼워져서 걸을 때 힘들지 않았고 챙길 물건이 줄어들어서 정리하는데 쓰는 시간이 줄어들었다. 비우면 비울수록 불행해질 거라고 생각했는데 비워본 적이 없어서 했던 생각이었다.

세계여행을 잘하기 위해서는 욕심을 버리는 것이 중요했다. 모든 욕심은 이고 다닐 짐이 되고, 한순간의 욕심은 허리와 무릎, 가벼운 통장에까지 고통을 준다. 짐을 줄이기 위해 버릴 물건을 고르면서 이것이 정말 필요한 물건이었는지, 나의 욕심이었는지 알게 되었다. 행복하게 사는데 생각보다 많은 물건이 필요하지 않았다는 것을 깨달을수록 물건 욕심이 사라지고 있다. 물건을 사면서 허기진 행복을 채우던 내가 깨닫게 된 것이다. 진짜 행복이 무엇인지를 말이다.

한때 행복이란 부족함 없이 모든 것이 갖춰진 상태라고 생각했었다. 소나기가 내릴 때 가방에 우산이 있는 것만 행복이라고 말이다. 그래서 필요하다고 생각되면 바로바로 구매했다. 없으면 없는 대로 행복할 수 있는 건데 그러지 못했다. 집에 친구들을 초대했을 때 의자가 부족할까 봐 혼자 살면서 4인용 식탁을 들였다. 그냥 바닥에 앉아도 되는 일인데 조금의 부족함도 받아들이지 못했다. 행복하게 사는 데 필요하다고 생각되는 것들이 왜 이리도 많던지.

이제야 알겠다. 행복은 소유에 있지 않았다. 갑자기 비가 내리는 날, 우산 없이도 행복할 수 있다. 함께 걷는 사람이 좋아 행복할 수 있고, 비에 젖은 상대방의 모습이 웃겨서 행복할 수 있다. 비를 피하기 위해 우연히 들린 카페에서 좋아하는 노래가 나와 행복할 수 있고, 비가 내려서 마중 나왔다는 그 사람 때문에 행복할 수 있다.

오랫동안 행복이란 무엇일까 고민해왔다. 오늘에서야 나의 행복을 정의 내린다. 하면 기분 좋아지는 일 목록에서 하루에

한 개만 해도 만족스러운 하루, 완벽한 하루, 행복한 하루이다. 하면 기분 좋아지는 일은 무엇이 있을까. 거품 목욕하기와 낮잠 자기, 카페에 앉아 사람들 구경하기, 쌀국수 먹으러 가기 그리고 당신과 데이트하기.

행복하게 사는데 필요한 것은 정말 별거 없구나.

## 번외

물건을 비울수록 물건 욕심은 날마다 사라지는 데 반해 여행 욕심은 시간이 지날수록 늘어만 간다. 여기까지 왔는데 돈을 좀 더 들여 근방의 여행지까지 가보고 싶다든지, 여기 너무 좋은데 일정을 좀 더 늘리고 싶다는 생각은 끝이 없다. 남은 돈과 시간은 정해져 있고 하나를 선택하면 다른 하나를 버려야 하는데, 모두 소중해서 답도 없는 예산과 일정표만 쳐다보고 있다.

어차피 모든 것은 선택의 문제이다. 포기에 세트처럼 딸려오는 아쉬움과 후회는 언뜻 보면 마이너스 같지만 다시 해보고 싶은 마음을 주기 때문에 결국 플러스다. 그 힘으로 또 다른 꿈을 꿀 수 있기 때문이다. 그러니 가지지 못한 것을 적게 후회하고 내가 가진 오늘을 더 많이 누리기로 하자. 그게 물건이든, 여행이든 말이다.

# 당신이 더
# 중요한 마음

태국 끄라비

"쿵!"

지태가 들고 있던 노트북을 떨어뜨렸다. 순간 화가 났다. '노트북이 충격에 얼마나 약한데 조심성이 그렇게 없나?' 곧이어 머릿속에서 또 다른 목소리가 들렸다. '그럼 네가 들지 그랬냐. 지태가 너보다 들고 있는 짐이 많으니까 그렇지. 노트북이 지태보다 중요하냐?' 이 말이 맞다. 내가 노트북을 챙겨도 됐을 일이다. 나를 배려해 무거운 짐을 들어주는 그에게 고마워하지 못할망정 화가 나다니. 나는 아직도 갈 길이 멀었다.

"내가 노트북 챙길게. 너 손에 짐 많은 거 생각 못 했다. 미안."

그래도 예전에 비하면 많이 발전했다. 나는 원래 사람의 마음보다 일의 결과가 더 중요한 사람이었다. 그런 내 생각을 완전히 뒤집어버린 사건이 있다. 끄라비에 오고 싶었던 두 번째 이유다.

전 세계에서 오직 끄라비에서만 할 수 있는 체험이 있다. 바로 '야광 플랑크톤 스노클링'이다. 살면서 처음 들어본 이 생물은 지구 드문 곳, 캄캄한 밤바다에서만 볼 수 있다. 평소엔 보이지 않지만 밤바다에 들어가 팔을 휘젓는 순간, 내 몸에 부딪힌 플랑크톤이 야광처럼 빛을 낸다. 그게 보고 싶어서 온종일 뱃멀미를 참고 기다렸다. 언제쯤 시작하려나. 지루해서 하품이 나오는데 갑자기 선체에 불이 꺼졌다. 맙소사. 지금 하는 거야? 말도 없이?

"지태야 빨리 스노클 마스크 껴. 우리도 나가자."

마음이 조급해진 나는 발을 동동 굴렀다. "잠시 후 야광 스노클링이 끝나니 원하는 사람은 지금 입수하라."라는 방송이 계속해서 나왔다. 나는 준비가 끝났는데 지태는 아직 마스크를 끼지도 못했다. 지태를 기다리다가 온종일 기다린 야광 플랑크톤을 놓칠까 봐 초조했다. 그 순간만큼은 플랑크톤이 지태보다 중요했다. 평생 다시없을지도 모르는 기회라고 생각하니 더 불안했다. 마스크 끼는 게 이렇게 오래 걸릴 일인가? 짜증을 참지 못한 나는 결국 지태를 뒤로하고 캄캄한 바닷속으로 뛰어들었다.

'우와. 진짜 너무 예쁘다. 근데 지태는 왜 이렇게 안 오는 거야. 같이 보고 싶은데.'

바다에 들어가자마자 그를 찾으러 다시 배 위로 뛰어 올라왔다.

"삐이이이 이익!"

스노클링 시간이 1분 남았다는 말과 함께 호루라기 소리가 들렸다. 그리고 의자에 앉아있는 그를 발견했다. 화가 난 표정이었다.

"너는 왜 단 한 번도 나를 기다려주지 않아?"

지태는 깊은 한숨을 내쉬었다. 마스크 고무줄이 빠져서 낄 수 없었다고 했다. 그는 시력이 좋지 않다. 안경이 없으면 아무것도 보이지 않을 만큼 눈이 나쁘다. 거기에 선체의 불도 꺼져서 눈뜬장님이었을 것이다. 내가 옆에 있었다면, 내가 도와줬다면 함께 야광 플랑크톤을 볼 수 있었을까? 적어도 그의 마음이 상하지는 않았을 것이다.

지태는 언제나 내 손을 잡고 걸었다. 내가 시장 구경하느라 정신이 팔려도, 걸음이 느려서 뒤처져도 그에게는 단 한 번도 문제가 되지 않았다. 그는 언제나 나를 중심으로 움직였다. 우리의 발걸음이 멀어지기 전에 그는 걸음을 멈추고 나를 기다렸다. 나는 그러지 못했다. 그가 어디에 있는지, 뒤에서 잘 따라오고 있는지 단 한 번도 신경 쓴 적이 없다. 그동안 그의 배려로 함께 걸었던 것이다.

어떤 문제가 생겼을 때 그는 나를 탓하지 않았다. 설령 내가 부족해서 생긴 일이라도 내 잘못이 아니라고 말했다. 발리에서 오토바이를 타다가 내가 넘어졌을 때도 그랬다. 내 운전 실력이 미숙하다고 화내지 않았다. 길이 울퉁불퉁해서 그렇다고 길을 탓했다. 나는 어땠는가. 발리에서 그가 운전하는 오토바이 뒷좌석에 탄 적이 있다. 그는 내비게이션을 보지 않고 자기의 감을 따라 숙소를 찾아갔다. 한 번, 두 번, 세 번. 길을 세 번이나 잘못 들었을 때 나는 폭발했다. 그냥 드라이브한다고 생각하면 되지 일찍 도착하는 게 뭐 그리 중요하다고 화를 냈을까.

세계여행을 가기 위해 그가 회사를 관뒀을 때가 생각난다.

회사는 온갖 핑계를 대면서 월급을 주지 않았다. 그는 점잖은 말로 몇 개월을 기다렸다. 나는 따지지 못하는 그가 답답했다.

"노동부에 당장 회사를 신고해! 이건 네가 물러 터져서 그런 거야. 다 네 잘못이야!"

"회사에서 월급 안 주는 게 왜 내 잘못이야? 회사 잘못이지. 너는 나를 몰아세울 게 아니라 위로를 해줘야지. 너만큼은!"

망치로 머리를 맞은 것 같았다. 못 받은 돈에 가려 그의 마음을 까맣게 잊고 있었다. 지태도 돈을 받지 못해서 힘들었을 텐데 전혀 헤아리지 못했다. 야광 플랑크톤에 눈이 멀어 시력이 안 좋은 그를 전혀 생각하지 못한 것처럼 말이다. 그 또한 온종일 야광 플랑크톤을 보고 싶어 했다. 언제 시작할지 기대하며 기다렸었다.

여행하면서 종종 마음의 민낯을 마주한다. 반복되는 일상을 살아가는 한국이었다면 절대 깨닫지 못했을 것이다. 내가 이렇게나 사람을 몰아세웠는지, 실수에 엄격하고 사소한 틀어짐에도 화를 참지 못했는지 말이다.

"세계여행을 떠나 보니 정말 인생이 변했나요?"라고 누군가 묻는다면, "글쎄요. 그때나 지금이나 비슷한 것 같아요."라고 대답할 것 같다. 하지만 한 가지, 확실히 변했다고 자신하는 것이 있다. 바로 '당신이 더 중요한 마음'이다. 이제는 일의 결과보다 내 사람의 마음을 먼저 살핀다. 지태가 가장 중요하다. 그 외의 것은 언제라도 다시 가질 수 있으니까.

# 눈 뜨고 코 베이는 게
# 여행이라지만

악명 높은 캄보디아 국경에서 1

"캄보디아 국경에선 뒷돈을 내지 않으면 입국 도장을 찍어 주지 않아요. 비자를 미리 준비해가세요."

알면서 당할 수는 없지, 선배 여행자들의 후기를 보고 한국에서 미리 E-Visa를 받아왔다. 뒷돈을 뜯기지 않고 무사히 캄보디아 국경을 넘어왔는데 옆에 있던 필리핀 청년이 말을 걸었다.

"너네도 한 명당 10달러씩 냈니?"

비자가 필요 없는 필리핀 사람들에게 입국 도장을 대신 받아주겠다며 가이드가 30달러나 받아 갔단다. 본인이 직접 해도 된다는 말도 없이 무조건 내야 하는 돈처럼 말이다.

국경을 지나 달리던 차가 갑자기 멈췄다. 가이드가 외국인 여행자를 모두 모아놓고 말했다.

"엄청나게 중요한 사실입니다! 캄보디아 내에 ATM이 없습니다. 그러니 여기 ATM에서 돈을 뽑아가세요! 여러분을 위해 해주는 말이에요!"

이 또한 한국에서는 이미 알려진 수법이다. 미리 검색해보지 않았다면 캄보디아에 ATM이 없다는 말도 안 되는 이야기를 믿었을 것이다. 실제로 많은 외국인이 돈을 뽑았다. 그것도 엄청난 수수료를 떼이면서. 돈을 뽑으려는 필리핀 청년 세 명을 붙잡고 귀띔해주었다.

"저거 모두 거짓말이야."

친절한 사람을 모두 경계하고 싶지는 않지만 의심해야 한다. 여행이란 본래 눈 뜨고 코 베이는 일이니까.

씨엠립 번화가에서 내려준다고 약속했던 버스 기사가 시골의 한적한 도로에 차를 세웠다. 아무리 둘러봐도 나무밖에 없는데 여기는 어디지? 버스 안이 술렁이기 시작했다.

"시내까지 추가 요금 없이 데려다준다고 약속했잖아, 여긴 어디야?"

사람들이 가이드에게 몰려들었다. 가이드는 걱정하지 말라며 추가 요금 없이 시내까지 툭툭[1]을 태워주겠다고 말했다. 불길하다. 사람들은 쫓기듯 버스에서 내렸다. 도로에 대기하고 있던 툭툭 기사와 함께 사람들이 하나둘 사라져갔다.

"앙코르와트 투어 할 거지? 나한테 예약하면 오늘 툭툭 요금은 안 받을게."

우리가 툭툭에 타자마자 기사는 협상을 시작했다. 무슨 소리냐고 시내까지 무료 아니냐고 되묻자 기사는 내 말을 들은 건지 만 건지 친절한 표정으로 자기 할 말만 했다. 앙코르와트 투어 코스와 가격에 대한 이야기였다. 우리는 앙코르와트 투어는 원하지 않으니 시내까지만 부탁한다고 거절하자 방금까지 사람 좋은 미소를 지어 보이던 툭툭 기사의 표정이 무섭게 돌변했다. 그는 얼굴이 새빨개져서 시내까지 가고 싶으면 돈을 내라고 눈을 부라렸다. 소리치는 툭툭 기사를 보고 있자니 무서워서 심장이 뛰고 식은땀이 났다. 그러나 동시에 그의 무례함에 화가 치밀었다. 그와 똑같이 눈을 부라리며 또박또박 큰 소리로 말했다.

---

1) 3륜의 탈 것으로 동남아 국가 등에서 택시로 이용되는 운송수단

"가이드가 공짜라고 약속했다니까? 나 그럼 툭툭 안 타. 가이드랑 얘기하러 가봐야겠어. 내릴게."

심장은 무서워서 방망이질 치지만 너한테 뜯길 돈은 없다 이거야!

잠깐의 정적이 흘렀다. 그제야 툭툭 기사는 시내까지 데려다준다며 꼬리를 내렸다. 화가 나서 거칠게 운전하는 툭툭 기사가 우리를 이상한 곳으로 데려가는 건 아닌지 불안했다. 구글맵을 켜서 실시간 이동 위치를 확인했다. 그런데 툭툭이 시내와 반대 방향으로 향하는 게 아닌가!

"잠깐! 그냥 세워줘, 여기서 내릴게."

툭툭 기사는 즉시 차를 세웠다. 아무것도 없는 도로 한복판이었다. 상점이나 사람은커녕 가로등조차 드물게 있었다. 숙소까지는 꼬박 40분 거리였다. 무거운 배낭을 메고 어두운 길을 걸었다.

캄보디아의 첫인상은 너무 별로였다. 캄보디아 사람들은 다 저런가? 욕을 실컷 하며 숙소로 향했다. 그리고 숙소 방문을 여는 순간, 아까 친해진 필리핀 청년에게 메시지가 왔다. 이번에도 30달러 뜯겼단다.

# 정석대로
# 사는 사람

악명 높은 캄보디아 국경에서 2


"야, 갈까?"

"그래, 가자."

고등학교 시절, 1분단 맨 뒷자리에 앉은 영선이와 4분단 맨 뒷자리에 앉은 나는 눈만 마주쳐도 마음을 꿰뚫어 보는 사이였다. 오늘은 공부할 마음이 안 든다며 야자 감독 선생님 몰래 야자를 튀는 소울 메이트.

지금은 많이 나아졌지만 그땐 그렇게 규칙과 규율이 숨 막혔다. '무조건, 절대'라는 말을 싫어했다. 그 단어가 들어간 말은 나를 한계 짓고 가두는 기분이었다. 왜? 왜 하면 안 되는 건데? 그냥 하고 싶은 대로 살면 안 되나? 반항하는 사춘기 청개구리처럼 말이다.

고등학교 3학년이라면 무조건 참석해야 하는 여름방학 특강도 그랬다. 참석한 날보다 지각하거나 빠진 날이 더 많았다. 몸이 아프거나, 공부가 너무 하기 싫거나, 늦잠을 잔 날이면 점심시간에 맞춰 학교에 갔다. 가끔 옆자리의 친구가 날 부러워했지만 자기는 혼나는 게 무섭다며 빠지지 못하겠다고 했다. 그땐 '하고 싶으면 그냥 하면 되지!'라고 가볍게 생각했었다. 정석대로 사는 사람이란 재미없고 고리타분한 사람이라고 생각했었다. 그러나 이제는 안다. 마음에 들지 않는 규칙을 지키는 건 아무나 할 수 없는 어렵고도 대단한 일임을 말이다. 원하지 않는 규칙도 지킬 수 있는 사람이 정말 멋있는 사람이었다. 이렇게 중요한 사실을 세계여행에 와서 깨닫게 되다니. 그것도 국경 한복판에서 말이다.

동남아시아 일주를 하면서 국가 이동은 대부분 버스를 이용했다. 국가는 달라도 한 가지 공통점이 있었으니 바로 '외국인 부당대우'이다. 외국인이라고 웃돈 얹어서 버스표를 사야 하는 것도 서러운데, 텅 빈 버스에서 자리까지 정해져 있다. 바로 제일 뒷자리, 생선 비린내 나는 상자의 옆자리다. 앞자리는 자기 나라 사람들 자리라는, 말인지 방귀인지 통 알 수 없는 이유 때문이다. 짐짝처럼 몸을 구기고 10시간 이상 가야 한다니, 외국인 여행자는 사람도 아니란 말이냐.

거기에 국경 직원들은 뒷돈까지 요구한다. 비행기를 타면 한 시간 안에 도착하는 거리를 돈 몇 푼 아끼겠다고 버스에 탄 사람들에게 해도 해도 정말 너무하다. 국경 직원들은 뒷돈을 주지 않으면 입국 도장을 찍어주지 않겠다고 당당히 말한다. 단체로 움직이는 여행자들이 버틸 수 있는 시간은 한정되어있고, 도장을 받지 못하면 다른 여행자에게 피해가 가기 때문에 대부분 사람들은 뒷돈을 내고 국경을 빠져나간다. 여행이 항상 즐거울 수 없다는 걸 알고 있지만 이럴 땐 참 기운 빠진다.

국경을 지날 때마다 당연하게 행해지는 부당대우와 씨알도 안 먹히는 외국인 여행자의 기 싸움이 반복되면서 결국 여행자가 할 수 있는 건 아무것도 없다는 생각에 무기력해질 때쯤 이곳에 방문했다. 유일하게 달랐던 한 나라, 태국을 말이다.

태국 입국심사대 건물 입구에는 '팁을 주지 마세요'라고 크게 적힌 표지판이 있다. 건물 내부에는 경찰의 사진과 함께 '정직한 경찰'이라는 문구가 적혀있다.

태국 입국심사대에 있는 표지판

사회가 정한 규칙을 지킨다는 게 이렇게 멋있는 일이었나? 그동안 당연하게 지나쳤던 믿음의 순간들이 머리를 스쳤다.

신호등에 파란불이 켜지면 달리던 차가 멈출 거라는 믿음,

내 옆을 지나가는 사람이 갑자기 나를 해치지 않을 거라는 믿음,

인터넷에서 물건을 사면 상세 페이지와 동일한 물건이 올 거라는 믿음,

집 앞에 있는 내 택배 상자를 누군가 가져가지 않을 거라는 믿음.

내가 사는 세상이 안전하게 유지되는데 질서와 제도가 한몫 했음을 새삼 깨달았다. 세상 사람들이 모두 원리원칙을 싫어한다면 어떻게 될까? 자기 마음에 드는 규칙만 지키고 그 외에는 지키지 않는다면?

캄보디아 국경에서처럼 뒷돈을 뜯어도 당당할 것이다. 시내까지 데려다준다고 약속해놓고 시골길 한복판에서 내려줄 것이고, 불신과 사기만 가득한 혼돈의 사회가 되겠지. 지금 보니 정석대로 사는 사람, 꽤 멋있는 사람이었다. 아무도 보지 않아도 자기의 신념을 지킬 수 있는 사람이 나도 되고 싶다.

# 생리 중인 여자는
# 출입 금지라고?

캄보디아 씨엠립

앙코르와트 투어를 하기 위하여 숙소 근처의 툭툭 기사를 찾았다. 앙코르와트는 종일권으로 1박 2일 스몰투어가 가능한데, 시간만 잘 맞추면 전날 일몰부터 다음 날 일출까지 입장권 하나로 모두 볼 수 있다.

가격 흥정과 전체 일정, 만나는 장소와 시간 등 툭툭 기사와 한 시간이 넘도록 대화를 마치고 떠나려는데, 툭툭 기사가 내 뒤에 서 있던 지태에게 이름을 물었다. 아니, 정확히는 지태에게만 이름을 묻고 떠났다. 모든 대화는 나와 했고, 우리가 대화하는 동안 지태는 저 멀리 서서 단 한 마디도 대화에 참여하지 않았다. 그런 지태와 악수까지 하고 나는 투명인간인 것처럼 스쳐 지나갔다. 뭐지? 왜 나는 없는 사람 취급하지? 흥정부터 결정까지 내가 다 하고, 한 시간 동안 대화한 건 난데. 왜 예약자 이름은 지태인 거지?

동남아시아 여행을 준비하며 지인에게 들었던 말이 문득 떠올랐다. 아내 이름으로 숙소를 예약했는데 입실할 때 호텔 지배인이 남편의 이름으로 고쳐 썼다는 이야기였다.

툭툭을 예약하고 숙소로 돌아가는 길, 우연히 지나친 사원 입구에서 발걸음을 떼지 못했다.

"생리 중인 여자는 사원 출입 금지"

민소매, 반바지, 쪼리 금지 옆에 당당히 자리를 차지하고 있는 생리 중인 여자는 출입 금지 조항. '신성한' 사원에 생리 중인 '불결한' 여자는 들어올 수 없다는 뜻이었다. 캄보디아뿐 아니라 발리, 인도 등 많은 힌두 사원에서 생리 중인 여자는 불결하다고 여기며 사원 입장을 금하는 것도 이번에 처음 알았다. 생리는 말 그대로 생리현상인데 그게 마음대로 참아지나? '아예 변비 걸린 사람도 출입 금지하지 그러세요!'라는 말이 목 끝에서 맴돌았다. 애당초 누구를 붙잡고 따져야 할지도 모르겠다. 이런 상황에 익숙해지고 싶지 않은데 내가 무슨 힘이 있을까.

다음 날, 앙코르와트 투어를 위해 해가 뜨기 전 숙소 앞에서 툭툭 기사를 다시 만났다.

"안녕, 나는 Karen이야. 어제는 인사를 못 한 것 같아서."

기억하거나 말거나 툭툭 기사에게 내 이름을 알려주며 악수를 청했다. 그는 멋쩍은 표정으로 내 이름을 읊조렸다. 그래, 그거면 됐다.

일출을 보기 위해 앙코르와트에 왔는데 사원 입구에서 복장 검사를 하고 있었다. 대부분 사원에서 무릎이 보이는 반바지나 어깨가 드러나는 민소매를 입으면 안 되는데, 가만 보니 입구에서 여자만 잡아내고 남자는 반바지를 입어도 들여보내는 게 아닌가.

이런 상황에서 나는 한국에서 태어나길 다행이라고 생각해야 하는 걸까, 이게 당연하다고 믿는 이곳 여자들을 안타까워해야 하는 걸까. 그동안 당연하다고 생각했던 상식이 사실은 사람마다, 나라마다 달랐음을 여행하는 동안 깨닫고 있지만 이런 것도 하나의 다름이라고 받아들여야 하는 걸까.

글쎄, 내가 이렇게 생긴 것도, 여자인 것도, 한국인인 것도, 가난한 부모님 밑에서 태어난 것도 모두 내가 선택하지 않았다. 내가 선택할 수 없었던 것들, 어쩔 수 없었던 것들은 차별의 이유가 될 수 없다. 차라리 내 실수나 게으름을 욕한다면 군말 없이 듣겠다. 내 잘못이 맞으니까.

갈 길이 멀다. 함께 가야 한다. 당연하지 않은 일을 당연하다고 믿는 사람들과 함께.

입구에서 마음이 상했지만 그럼에도 앙코르와트는 정말 아름다웠다. 사람은 너무 연약해서 때론 눈으로 보고 있는데도 믿기 어려워한다. 앙코르와트가 내게 그랬다. 캄보디아의 원류가 된 크메르 제국 이야기가 전설 속의 이야기 같았다. 기술도 장비도 없이 오직 수작업으로 돌을 깎고 쌓았는데 수백 년이 지난 지금도 아름다운 이유는 운반하는 데 오랜 시간이 걸려도 전국에서 가장 좋은 돌만 사용했기 때문이란다. '자랑스러운 크메르 제국'과 같은 문구가 가게마다 붙어있는 걸 보니 크메르인의 자부심이 엄청난가 보다.

그렇게 대단했던 크메르 제국이 어쩌다 이렇게 가난한 나라가 되었을까? 단돈 1달러에 얼굴을 붉히고 소리를 지르는 캄보디아 사람들. 아이들을 이용해 구걸하고, 돈이 될 것 같으면 웃어 보이다가 돈이 안 된다 싶으면 순간적으로 표정이 돌변하는 이중인격을 여행 내내 겪으면서 그들의 자부심, 골목 여기저기 적혀있는 자랑스러운 크메르 제국과 묘한 이질감을 느꼈다. 한때 잘나가던 기억으로 위안 삼고 오늘을 살지 못해 미래를 놓치고 있다면 차라리 과거의 영광은 잊는 편이 더 낫지 않을까.

# "결혼하지 마요,
지금 이대로도 행복해요"

베트남 사파

슬리핑 버스를 타고 하노이에 가는 길이었다. 어디선가 나를 쳐다보는 시선이 느껴졌다. 주위를 두리번거리자 그 사람과 눈이 마주쳤다. 옆에 앉은 베트남 사람이었다. 그녀는 힐끗힐끗 우리를 쳐다보고 있었다. 우리가 시끄러웠나? 왜 쳐다보지?

아니나 다를까, 목적지에 도착해 버스에서 내리는 순간 그 사람이 말을 걸었다. 한국말로!

"안녕하세요? 저는 Joy입니다. 베트남에 오신 걸 환영합니다."

"와! 한국말 왜 이렇게 잘해요? 깜짝 놀랐어요!"

조이는 베트남에 있는 한국 회사에서 6년 동안 일했다고 한다. 우리를 보고 반가운 마음에 말을 걸었단다. 조이는 동생 지와 함께 고향에 가는 길이었다.

"다음에 차 한잔해요. 잘 가요!"

조이는 우리를 향해 손을 흔들었다.

일주일 후, 사파에서 조이와 지를 다시 만났다. 따뜻한 베트남 전통차를 앞에 두고 신나게 수다를 떨었다. 이국땅에서 만난 외국인과 한국어로 수다라니 어찌나 신나던지! 나는 말하면서 스트레스를 푸는 성격인데 과묵한 지태와 단둘이 여행을 다니다 보면 가끔 입에 거미줄이 쳐지는 기분이 들었다. 말을 하고 싶어도 지태는 고개를 끄덕이기만 하고 대답을 하지 않았다. 혼자 하는 대화는 오래 이어지지 않았다. 한국에 있는 친구들에게 전화를 걸고 싶어도 와이파이가 느리고 계속 끊겨서 생존 여부만 확인하고 끊기 일쑤였다. 그런 와중에 말이 잘 통하는 조이를 만나다니 옛 친구를 만난 듯 신이 날 수밖에. 낯을 가리는 지태도 우리의 대화가 재미있는지 가끔 웃어 보였다.

우리는 베트남과 한국, 꿈과 가족에 관한 이야기를 했다. 조이는 자기의 꿈을 위해 회사를 그만두었다고 했다. 식당을 운영하시는 부모님을 따라 요리사가 되고 싶다고, 조만간 호주에 가서 요리를 배울 계획이라고 했다.

동생 지는 이따금 우리에게 베트남어로 말을 걸었다. 그러면 조이가 한국어로 통역을 해줬다. 지는 우리의 세계여행에 관심이 많았다. 알고 보니 지의 꿈도 여행가라고 했다.

"그런데 둘은 무슨 사이예요?"

조이의 질문에, 우리는 연인 사이인데 결혼은 아직 모르겠다고 답했다. 조이가 말했다.

"결혼하지 마요. 지금 이대로도 행복해요."

그런 말은 처음이었다. 남자 친구와 세계여행을 간다고 주위에 알렸을 때 사람들은 말했다.

"어떻게 남자랑 단둘이 세계여행을 다니냐."

"결혼하고 가야지, 결혼도 안 한 남녀가 장기 배낭여행이 말이 되냐."

"부모님은 아시냐. 뭐라고 하시냐. 허락은 하셨냐."

처음엔 웃어넘겼는데 연달아 그런 말을 들으니 수치심이 들었다.

"그 사람에게 확신이 있어? 확신이 있으면 결혼을 하고 가면 되잖아. 확신이 없어? 그럼 세계여행을 같이 가면 안 되지!"

더 이상 무슨 말을 할 수 있었을까. 나를 향해 그렇게 살면 안 된다고, 마치 내가 대단히 부끄러운 짓을 하는 것처럼 나를 말리는 사람들에게 말이다. 내가 남자 친구와 세계여행 다니는 게 그렇게 부끄러운 일인가. 세계여행 갔다 와서 헤어지면 그게 뭐 이혼이라도 한 건가. 그리고 이혼한 거면 뭐 어떤데. 그게 대수인가.

날씨 이야기하듯 내 인생에 가볍게 두는 훈수가 불편했다. 나이에 따른 수직서열과 어린 사람에게만 요구되는 예의와 웃음도 힘겨웠다. 사람이 힘들었다.

"네가 걱정돼서 하는 말인데 왜 기분 나빠해? 너 진짜 이상하다."

차라리 여행 경비에 돈을 보태줬다면 날 걱정한다는 그 말을 믿을 수 있었을까. 그들에겐 오직 내 결혼 여부만 중요한 것 같았다. 사람 생각은 모두 다르기에 그들의 말도 이해는 한다. 그러나 다른 것을 틀리다고 생각하지는 않는다. 내 선택은 잘못되었다고, 자기 말만 옳다고 주장하는 흑백논리도 이해할 수 없다.

지태와 함께 있으면 행복하지만 결혼에 대한 확신은 없다. 불행한 부모님의 인생을 보면서 오랫동안 비혼주의로 살아왔다. '결혼' 그 자체보다 중요한 건 '함께 있을 때 행복한가'라고 생각한다.

시간이 흘러 지태와 결혼할 수도 있다. 하지만 그때가 와도 결혼을 유지하기 위하여 나를 하얗게 지우고 싶지는 않다. 사랑한다는 이유로 일방적인 희생을 요구하고 싶지도 않다. 함께 있으면 행복하기 때문에 결혼을 선택한 거니까. 결혼보다 중요한 건 너와 나이니까.

차가 다 식을 때쯤 우리의 대화도 끝이 났다. 나는 사파를 마지막으로 베트남을 떠나고, 조이와 지는 오늘부터 북부 여행을 떠난다고 했다.

"우리 다음에 또 만나요."

"네. 오늘 너무 즐거웠어요. 다음에 꼭! 다시 만나요! 안녕!"

〰〰〰〰〰〰

**번외**

조이와 헤어지고 몇 달 뒤, 조이의 SNS에 결혼 소식이 올라왔다. 조이와 남편을 반반씩 닮은 아기 사진과 함께. 뭐야 조이. 나 보고는 결혼하지 말라고 했으면서...

Part 2

# 내가 우울증이라니

# 인도에서 얻은
# 개똥철학

인도 바라나시

"나도 너처럼 도전해보고 싶다. 나도 사실 꿈이 있어. 그런데 지금 가진 것을 잃게 될까 봐 두렵다."

우성이는 어디서나 주목받는 친구였다. 큰 키에 잘생긴 얼굴과 털털하고 유쾌한 성격까지 모두 갖춘 그를 사람들이 반기는 것은 당연했다. 거기에 좋은 학벌과 넉넉한 집안까지 그는 소위 말하는 엄친아였다. 그는 대학 졸업 후 이름 있는 회사에 취직했고 나의 세계여행을 응원하며 가끔 안부를 전했다. 모든 걸 다 가진 우성이가 나에게 부럽다니.

"내 꿈은 오지 탐험가야. 오지 여행을 떠나서 오지는 사진을 찍고 싶어. 이거 볼래? 내가 찍은 사진인데 어때?"

나는 평생의 꿈이었던 세계여행을 하고 있으면서 막상 우성이에겐 "해보고 싶으면 그냥 해봐!"라는 말이 쉽게 나오지 않았다. 하고 싶다는 마음만 가지고 결과가 보장되지 않는 분야에 뛰어드는 것은 승률 0%에 가까운 도박처럼 느껴질 때가 있다. 실패하면 어쩌지, 하는 두려움에 꿈을 향해 꿈틀거리는 마음을 애써 억누르고 어제 같은 오늘을 또 한 번 살아내는 날이 있다. 이제 꿈보다 현실을 좇을 나이라며 스스로 다독이고 잠을 청하지만 밤새도록 잠이 오지 않아 괴로운 날이 있다. 그 마음을 알기에 그의 연락에 가볍게 답할 수 없었다.

동남아시아 여행을 끝내고 인도 바라나시에 온 지도 벌써 보름째이다. 바라나시에 한 달 이상 머무는 장기 여행자가 많다고 하던데 그 이유를 알 것도 같다. 딱히 할 것은 없으나 종일 갠지스강에 앉아 짜이 한 잔 마시며 인도 사람들 구경하는 재미가 쏠쏠하다. 한 사람 지나기도 좁은 골목길에 소도 다니고, 개도 다니고, 사람도 다니고, 오토바이도 다닌다. 정신없이 울려대는 클락션 소리 뒤로 반가운 한국말이 들렸다.

"안녕하세요, 저는 철수 씨 사촌이에요."

바라나시엔 한국말에 능숙한 인도인이 많다. 그중에서 가장 유명한 철수 씨의 이름은 한비야가 지어준 것이다. 그녀가 다녀간 이후 유명한 연예인이 줄줄이 철수 씨의 보트를 찾았다고 한다.

좁은 골목을 따라 구경하고 있는데 악기 교실이라고 쓰인 종이가 눈에 띄었다. 젬베를 배워보고 싶다는 지태를 따라 서너 명이 앉으면 비좁아서 누군가는 도로 나가야 할 것 같은 음악 교실에 왔다. 벽에는 우쿨렐레부터 인도 전통 악기까지 처음 보는 악기가 줄줄이 걸려있었다. 관심이 생긴 나는 이름도 모르는 인도 전통 악기를 가리키며 물었다.

"저런 건 배우려면 얼마나 걸려?"

"저런 클래식 악기는 한 선생님에게 10년은 배워야 내공이 생겨."

"뭐? 10년이나? 와 너무 오래 걸린다."

"10년이 뭐 오래야, 10년은 우리 생각보다 금방 가."

10년 뒤면 나는 곧 마흔인데 그게 오래가 아니라고? 돈 벌어서 집 사고, 차 사고, 한국에서 자리 잡으려면 10년으로 부족한데 악기 하나 배우려고 인도에서 10년은 못 있겠다, 생각하는 찰나 젬베 선생이 말을 이었다.

"삶은 우리가 계획한 대로 흘러가지 않아. 내 친구는 이 근처에서 평생 악기를 가르쳤어. 그는 남은 인생도 당연히 여기에서 악기를 가르칠 거라 믿었지. 그런데 어느 날 정부가 헐값에 학원을 사들였고, 그는 바라나시를 떠났어. 지금은 어디로 갔는지 아무도 몰라."

띠까 띠까 따까— 지태에게 젬베를 시범 삼아 쳐 보이고서 그는 말을 이었다.

"우리는 오늘과 똑같은 내일이 영원할 거라고 막연히 믿고 있지만 사실은 그렇지 않아. 내일은 아무도 알 수 없어. 오직 신만이 알 수 있지. 그러니 오늘을 행복하게 사는 게 중요해. 막연한 불안함을 지키기 위하여 행복을 포기하면 안 되는 거야. 짜이 한 잔 마실래? 곧 내 친구가 짜이를 들고 올 시간인데."

그가 건넨 짜이를 마시는데 문득 우성이가 떠올랐다. 미래를 위해 오늘의 꿈과 행복을 포기하고 불안함에 잠시도 쉬지 못하는, 경주마처럼 오직 앞만 보고 달리는 삶인 것을 알지만 쉽게 멈출 수 없다고 그는 말했었다.

한국에서의 내 삶도 그랬다. 몇 살까지 이 정도는 해내야지,

계획을 세워놓고 그날을 위해 무던히 노력했다. 힘들어서 곧 죽어도 무조건 버티는 게 덕이라고 배웠다. 이따금 사는 게 힘들다고 말하면 엄마는 조금 쉬어가라는 말 대신 너만 힘드냐고 오히려 나를 혼냈다. 달리고 달리다가 힘에 부쳐 넘어졌을 때, 나는 나를 위로하는 대신 고작 이것밖에 못 하냐며 자학했다. 나까지 나를 몰아세울 필요는 없었는데. 나만큼은 내 편이 되어줘도 좋았을 텐데. 마지막까지 채찍질하다가 다리에 힘이 풀려 넘어지기 전에 내 속도를 찾아 쉬엄쉬엄 걸어도 괜찮았을 텐데.

"자! 오늘 수업은 여기까지야. 더 배우고 싶으면 내일도 와."

수업 끝을 알리는 그의 목소리에 꼬리를 물던 생각도 멈췄다. 오늘 배운 것은 젬베였을까, 짜이 한 잔에 담긴 인생이었을까.

## 어느 날 엄마가 말했다
## "보육원에 보내려 그랬는데"

인도 바라나시

어느 날 엄마가 말했다.

"내가 너희 셋 낳을 때, 사람들이 다 말렸어. 여자 혼자 애 셋 키우기 힘드니까 몇 명은 보육원 보내라고. 내가 너희 셋 모두 키운다고 해서 지금 같이 사는 거야."

그때부터였을까. 나는 태어나지 말았어야 했다고 생각했다. 내가 태어나서 엄마를 불행하게 하는구나. 10대 소녀에게 너무 가혹한 일이었다. 나를 낳은 엄마가 나를 키우면서 당신의 인생을 후회하는 걸 보는 일이란.

인생의 출발점이 0이라고 한다면 나의 인생은 시작부터 불리했다. 내 인생은 −100에서 시작된 것 같았다. 내가 9살이 채 되지 않았을 때 아빠의 잦은 폭행으로 엄마는 집을 나갔고, 아직 한글도 떼지 못한 두 동생의 엄마는 내가 되어야만 했다. 아무리 울어도 집 나간 엄마는 돌아오지 않았다.

엄마 없는 불쌍한 애 딱지가 붙은 지 몇 년, 갑자기 엄마가 돌아왔다. 이제 행복할 줄만 알았는데 아빠의 변함없는 폭력으로 부모님은 결국 이혼했고 완벽한 남이 되었다.

그래도 이제부터 엄마와 살게 되어 다행이라고 생각했다. 엄마는 낮에 신학대학을 다니고 저녁에는 아르바이트하며 생계를 이어갔다. 밤늦게 엄마가 퇴근할 때까지 퀴퀴한 반지하에서 방을 치우고 어린 두 동생을 먹이고 챙기는 일은 맏이인 내 몫이었다.

그 당시 집 현관문에는 손바닥 크기의 동그란 신문 구멍이 있었다. 애들 셋밖에 없다는 걸 알았는지 매일 저녁 누군가 신문 구멍에 손을 넣어 신발을 훔쳐 가고, 초인종을 누르고 도망가고, 현관문을 쾅쾅쾅 두드리며 기괴한 소리를 질렀다. 나도 무서운데 엉엉 우는 막내와 둘째를 달래주느라 같이 울지도 못했다.

하루는 여름에 날이 더워 창문을 열어놓고 있는데 창문 밖에서 부스럭 소리가 났다. 사람이 다니지 않는 마당 뒤편이었다. 밖은 컴컴해서 아무것도 보이지 않았다. 정말 사람이 있으면 어쩌지, 화장실에 가는 척 자연스럽게 방을 나왔다. 그리고 부엌에서 저녁을 하고 있던 엄마에게 귓속말을 했다. 엄마는 야구 방망이를 들고 뛰쳐나갔고 "야!" 하는 소리가 있은 지 한참 후에 돌아왔다. 알고 보니 어떤 남자가 밤마다 창문 밖에서 쭈그리고 앉아 나를 쳐다보고 있었던 것이다. 뒷마당에 똥까지 싸놓으면서. 그 이후로 나는 종종 악몽을 꾼다. 머리가 사마귀처럼 생긴 사람이 창문에 매달려 잠든 나를 쳐다보는 꿈.

어느 날 엄마가 보육원 이야기를 꺼냈을 때, 아빠와 만난 것을 후회한다고, 시간을 되돌린다면 절대 만나지 않을 거라고 말했을 때, 감히 묻지 못했다. 엄마가 아빠를 만나지 않았으면 나도 태어나지 못했던 건지, 엄마는 우리가 태어난 게 후회스러운 건지 말이다. 나를 보육원에 보내지 않은 엄마에게 감사했다.

"너희들 때문에 내가 재혼도 안 하는 거야."

그나마 자매 중에 나이가 많은 내가 공감해주길 바라서였을까. 엄마는 유독 나를 붙들고 그런 말을 많이 했다. 엄마가 여자로서 행복한 인생을 포기하고 이렇게 고생하는 게 모두 내 탓인 것 같아 남몰래 울었다. 내가 미워서 견딜 수가 없었다. 아빠에게 당했던 육체적 학대는 사라졌지만 엄마에게 당하는 심리적 학대와 정서적 방치가 나를 조금씩 갉아먹었다. 내가 태어난 게 잘못이 아니라 나에게 죄책감을 심어주던 엄마의 말이 틀렸다는 것은 어른이 된 지 한참 후에야 알았다.

한 부모 가정이 으레 그렇겠지만 우리 집도 참 가난했다. 하루는 밥 먹자는 나의 말에 엄마가 대답이 없었다. 한참을 배고프다고 떼쓰다가 주린 배를 껴안고 잠이 들었다. 그날 저녁 쌀이 떨어졌고 쌀을 살 형편이 못됐다는 사실은 나중에 알게 되었다.

상황이 이렇다 보니 고등학교 시절, 학원은커녕 문제집 살 형편도 못되었다. 고등학교를 졸업하고 투잡, 쓰리잡까지 뛰어가며 돈을 벌었다. 그러나 아무리 열심히 살아도 가난과 고생은 털어지지 않는 얼룩이요, 밑 빠진 독이었다. -100에서 시작한 인생은 100을 더해도 0밖에 안되었다. 부모 잘 만나 여유롭게 시작한 사람을 만나면 절망했고 부러워했다. 고난이 내게 유익이라는 말을 생각하며 밤마다 녹초가 된 몸으로 하늘을 바라보며 울었다. 어떻게 고난이 유익할 수 있을까, 이 가난이 끝나긴 하는 걸까.

오늘에서야 깨닫는다. -100에서 시작했기 때문에 잃는 것이 두렵지 않다. 처음부터 없었던 것에 결핍을 느끼지 않으니까. 가난은 내게 새로운 모험을 할 수 있는 용기를 주었다. 결과가 보장되지 않은 낭떠러지로 내 인생을 몰고 가면서, 어쩌면 나도 저 새처럼 하늘을 날 수 있는 날개가 있지 않을까, 기대했다. 나의 한계는 내가 정하는 거니까 실패를 두려워하지 말고 일단 해보자고 생각했다.

세계여행을 떠나기로 하고 포기한 안정적인 수입과 이뤄놓은 경력이 아깝지 않다면 거짓말이다. 그러나 돈이나 성공, 안정적인 삶을 유지하는 조건들은 처음부터 내 것이 아니었다. 빈손으로 시작했기에 이뤄놓은 모든 것은 하늘의 선물이라고 생각했다. 언제든 다시 가질 수 있는, 소중하지만 사소한 것들. 힘들게 쌓은 탑을 흩어 버리고 다시 0이 되어도 -100에서 걸어

온 나를 두렵게 할 수 없다.

그러니 가지지 못한 것을 생각하며 좌절할 필요는 없다. 시간이 지나고 보니 고난에도 장점이 있다. 셀 수 없이 넘어지면서 무릎과 마음엔 흉이 남았어도 오뚝이처럼 다시 일어나는 법을 배웠으니까.

고난이 내게 무슨 유익인지 하늘을 향해 묻던 어린 나에게 이제야 답을 한다. 어려운 날을 견딘 네 덕분에 오늘의 내가 꿈을 이루고 있음을, 그러니 조금만 힘들고 많이 웃기를. 따뜻한 포옹과 응원을 담아.

# 당신의 꿈은
# 무엇입니까?

인도 바라나시

    늦은 아침을 먹고 갠지스강을 찾았다. 내일 바라나시를 떠나면 한동안 이곳에 다시 올 수 없을 것이다. 갠지스강이 끝없이 보이는 벤치에 앉아 노래를 듣고 있는데 저 멀리 사비나가 다가왔다. 사비나는 철수 씨 보트에서 디아(꽃불)²⁾를 파는 소녀다.

갠지스강에서 디아를 들고

---

2) 꽃과 양초가 담긴 작은 종이 접시. 디아를 갠지스강물에 띄우면 소원이 이루어진다고 믿는다.

사비나에게 힌디어로 이름 쓰는 법도 배우고 사진도 함께 찍었다. 다음에 인도에 올 때 사진을 인화해서 준다고 했더니 사비나가 모델 같은 자세를 취했다. 어쩌다 보니 서글픈 가정사도 털어놓았다. 내 말을 조용히 듣던 사비나는 진지한 표정으로 말을 이었다.

"우리 집도 비슷해. 나도 엄마하고 살아. 아빠는 누군지도 몰라. 내가 태어났을 때 도망갔대. 엄마는 평소에 친절한데 화가 나면 내 뺨을 때려. 엄마가 화나지 않았으면 좋겠어. 엄마는 돈을 벌지 않아. 나는 매일 학교에 다녀오면 디아를 만들어. 내가 돈을 벌어야 해."

기껏해야 열두 살쯤 되었을까. 장난 가득한 사비나에게 이런 사연이 있는 줄은 몰랐다. 진지했던 사비나의 표정이 금세 짓궂게 돌아왔다. 그리곤 내가 차고 있는 시계가 얼마인지, 아이폰은 얼마인지 묻기 시작했다. 곤란하다. 디아 하나 가격은 10루피. 한화로 160원이다. 사비나는 그 돈을 벌기 위해 날마다 갠지스강으로 나온다. 한 달에 50만 원이면 충분히 놀고먹는 인도에서 3만 원짜리 시계가 왜인지 부끄럽다.

"근데 카렌은 꿈이 뭐야? 나는 경찰이 되고 싶어."

사비나는 내 눈을 바라보며 물었다. 꿈? 내 꿈이 뭐였더라. 모르겠다. 사비나에게 어떤 대답도 하지 못했다. 오늘 내가 갠지스강을 거닐며 내내 했던 고민은 한국에 돌아가서 어떻게 먹고살아야 할지, 보증금은 얼마나 남겨서 돌아가야 할지, 몇 살까지 하고 싶은 것을 해도 사회에서 무능력하다고 욕하지 않을지, 자리 잡기 위해 내 꿈을 양보하다 보면 결국 내 꿈이 설 자리가 있긴 할는지 따위의 미래였기 때문이다. 마지막으로 내 꿈을 그렸던 때가 언제였을까. 언제부터 내 꿈이 유명한 대학교, 돈 잘 버는 직장, 좋은 집, 멋진 차가 되었을까.

학창 시절, 새로운 학년이 될 때마다 나의 꿈과 부모님이 원하는 장래 희망을 쓰는 가정통신문을 받았다. 외국에 관심이 많았던 나는 대부분 외교관이나 UN사무총장을 적었다. 성적과 관계없이 사람들은 나의 큰 꿈을 격려했다. 정말 대단한 사람이 될 것처럼 나를 바라봤다. 내가 꾸는 꿈이 곧 나였다. 어른이 되기 전까지 말이다. 생계를 책임져야 하는 상황에서 꿈은 돈이 되지 않았다. 나에게 꿈이 무엇이냐 묻는 사람도 더 이상 주변에 있지 않았다.

지금은 꿈은 없다. 좋아하는 것과 잘하는 것 사이에서 잘 먹고 잘살려면 잘하는 일을 선택해야 한다고 어느새 생각이 바뀌었다. 좋아하는 일이 뭔지도 잘 모르겠다. 내가 새로운 꿈을 꿀 수 있을까? 솔직히 말이 쉽지, 지금 와서 새로운 분야를 준비한다고 생각하면 수많은 현실적인 문제들이 먼저 떠오른다. 어쩌면 난 어른이 된 걸까.

### 100만 원으로 평생 먹고 사는 방법 (feat. 인도에서)

인도 자이살메르는 1박 2일 낙타 사파리로 유명한 지역이다. 옛날부터 사막에 꼭 한번 가보고 싶었기에 그냥 지나칠 수 없는 도시이기도 했다.

사막에서 하룻밤을 잘 때 우리의 가이드는 열네 살쯤 되어 보이는 소년이었다. 우리는 낙타를 탔고, 그는 뜨거운 태양 아래 걸었다.

한 시간쯤 가서 우리는 짐을 풀었다. 소년은 사막 저편으로 사라졌다가 장작을 들고 나타났다. 우리가 신나게 인생 사진을 찍고 있는 동안 그는 낙타의 물과 사료를 챙겼다. 아무것도 없는 사막에서 불을 지폈고 우리의 저녁 식사를 준비했다. 커리와 난이 부족하면 말하라고, 얼마든지 더 있다고 했다. 식사를 마친 후에는 짜이를 갖다줬다. 모래 위에 이불을 펴주고 모닥불에 통닭, 감자에 고구마까지 익혀주었다. 친절한 그 아이는 굿나잇 인사까지 잊지 않았다. 기분이 묘했다. 인도는 참 어린 나이부터 일을 시작하는구나.

특히 인도에 와서 돈의 무게에 대해 생각하게 된다. 낙타 사파리 비용은 1,000루피. 한화로 16,000원이다. 한국에서 16,000원이면 하루 데이트 비용도 안 되는데 여기선 1박 2일 사막 투어를 할 수 있다. 휴대폰 기깃값 100만 원이면 여기선 낙타 두 마리를 살 수 있고, 낙타 두 마리면 평생 먹고살 수 있다.

당연한 것이 국경을 넘는 순간 당연하지 않은 것이 된다. 그들의 일상을 가만히 보고 있자면 그동안 나는 어떤 당연함에 갇혀 살았나 생각하게 된다. 열심히 일해서 저축하고, 미래를 위해 오늘의 꿈을 포기했던 한국에서의 당연함이 이곳 인도에서는 당연하지 않았다. 하루 벌어 하루를 사는 사비나에게도 꿈이 있었다. 낙타 몰이 소년에게도 꿈이 있었을까. 미처 듣지 못한 그 대답이 궁금하다.

# 대중이 내리는
## 정의

인도 아그라

타지마할이 있는 도시, 아그라에 왔다. 관광객이 많이 오는 지역이라 그런지 바라나시와 다르게 길도 깨끗하고 카페도 많았다. 어느 식당이나 루프탑에선 타지마할이 한눈에 보였다.

어제오늘 친해진 제제 레스토랑의 여주인 수만이 갈 곳이 있다며 나의 팔을 끌었다. 지태에겐 따라올 수 없으니 레스토랑에서 짜이나 한 잔 마시고 있으라 했다. 바로 Lady's party, 오직 여자들만 올 수 있는 레이디스 파티에 간 것이다.

수만의 딸 안씻다까지 셋이서 인도의 한 가정집으로 들어갔다. 그곳엔 이제 막 결혼하는 신부를 축하하기 위한 파티가 한창이었다. 남자는 오직 신부의 가족들만 참석할 수 있었다. 참석한 여자들은 모두 알라딘의 자스민 공주처럼 예쁜 옷을 입고 있었다. 아, 나 혼자만 후줄근하다. 나 혼자만 민낯에 눈곱만 겨우 떼고 앉아있다. 이럴 거면 미리 말해주지. 나도 숙소에 공주님 같은 인도 드레스가 있는데!

　그 많은 인도 여자 중 동양인은 나 하나였다. 잠깐 사람들의 이목을 받아 부끄러웠지만 금세 시끌벅적한 분위기로 되돌아갔다. 수만과 함께 삼삼오오 앉아있는 사람들을 비집고 들어가 자리에 앉았다. 안씻다는 준비해온 선물을 신부에게 전해주고 접시에 가득 인도 전통 다과를 들고 나타났다. 오, 이거 정말 맛있는데? 지태에게도 한입 맛보여주고 싶다.

　다과를 다 먹고 할 게 없어진 우리는 레스토랑으로 돌아왔다. 지태가 궁금한 눈으로 물었다.

　"뭘 하고 온 거야?"

　"Lady's secret, 여자들만의 비밀이야. 하하."

　나의 대답에 수만과 안씻다가 웃음을 터뜨렸다. 수만은 자기의 결혼식 앨범을 들고나와 우리에게 보여주었다. 인도에서는 결혼할 때 5일 밤낮으로 파티를 한다고 했다. 길거리에서 춤도 추고 행진도 한단다. 한 가지 특이했던 것은 초대된 사람들은 모두 신나서 노래하지만 정작 신부는 슬퍼서 운다는 것이었다. 원 가족을 잊어야 하기 때문이었다. 결혼하면 신랑의 집으로 가야 하는데, 그 거리가 1,000km도 떨어질 수 있다고 했다.(1,000km는 직선거리로 제주도에서 북한 끝까지의 거리이다.) 인도의 전통이긴 하지만 너무 슬픈 이별이다.

앨범을 보는데 큰 불꽃이 튀어 올랐다. 결혼식을 축하하기 위해 누군가 터뜨린 것이었다. 수만이 안씻다의 결혼식 때 오라고 초대했다. 5일 동안 호텔 숙박비, 식비 다 내주겠다는 말도 덧붙였다. 안씻다는 아직 중학생인데 10년 후나 인도에 다시 오려나. 그때가 오면 안씻다는 어떤 마음으로 가족을 떠나야 하나.

우리가 옳다고 믿는 많은 신념과 가치들이 과연 우리 스스로 내린 결정인 걸까, 아니면 주변 사람들이 그렇다고 하니 별 고민 없이 따르고 있는 걸까. 바라나시에서 보트 투어 할 때 갠지스강 한쪽엔 시체를 태우는 화장터가 있었다. 자욱한 연기를 가리키며 철수 씨가 말했다. 인도 사람들은 갠지스강에서 죽는 것을 매우 신성하게 여기기 때문에 본인이 죽으면 이곳에서 화장하고 싶어 한다고. 시체 부패의 문제로 죽은 후 24시간 이내에 화장해야 해서 돈이 많은 사람은 죽을 때가 되면 바라나시에 집을 구해 살면서 죽기를 기다리고, 돈이 없는 사람은 자기 지역에서 화장하고 재만 이곳에 뿌린다고 했다. 실제로 우리가 갔을 때도 화장터에서 불길이 한창이었고 새로운 시체도 3구 정도 들어왔다. 내가 물었다.

"정말로 진지하게 그걸 믿나요?"

"당연하죠."

철수 씨는 당연한 걸 왜 물어보냐는 표정으로 대답했다. 순간 내가 무례한 질문을 한 것 같아 민망했다. 나는 살면서 처음 들어본 신념이지만 인도 사람들에게는 아주 당연한 믿음인 것이다. 만약 철수 씨도 인도가 아닌 다른 나라에서 태어났다면 믿지 않았을지도 모른다. 안씻다도 마찬가지다. 다른 나라에서 태어났다면 결혼한 이후에도 원 가족과 왕래하며 지냈을 것이다.

당연하다고 믿어왔던 나의 정의는 언제나 옳은가. 애당초 나의 정의가 맞긴 한 걸까. 대중이 내린 정의를 그대로 따라왔던 건 아닐까.

"인도를 간다고? 거기가 얼마나 위험한데... 너도 죽고 싶냐? 가지 마."

"얼마 전에 인도 성폭행 살인 기사 난 거 봤어? 나 같으면 절대 안 갈 텐데. 너 대단하다."

내가 인도에 간다고 했을 때 주변 사람들이 나를 말렸다. 웃긴 건 인도에 한 번도 안 가본 사람들만 나를 말렸다. 막상 다녀온 사람들은 그곳도 사람 사는 곳이라고 말했다. 늦은 밤 돌아다니지 않기 같은, 다른 나라에서도 마땅히 지켜야 하는 것들만 지킨다면 괜찮은 여행이 될 거라고 했다.

SNS에 인도 여행 사진을 올리면 인도 여행을 부추기지 말라는 비난 댓글이 달리기도 했다. 인도는 극악무도한 곳이라며 다른 여행자들이 내 글을 보고 인도에 갔다가 사고라도 나면 당신이 책임질 거냐는 말이었다. 특히 여자는 인도에 혼자 가면 절대 안 된다는 말이 많았다.

아이러니하게도 내가 인도를 여행하는 한 달 동안 홀로 인도 여행을 하는 세 명의 여성을 만났다. 그녀들은 각각 1개월, 9개월, 1년씩 인도에 있었다. 그녀들에게 물었다. 무섭거나 위험하지 않았느냐고. 그러자, "물론 조심해야 할 사항은 있지만 그건 어딜 가나 마찬가지"라고 답했다. 인도 남자와 결혼해서 인도에 한식당을 운영하는 여성 사장님도 있었다.

인도에 와보니 그동안 인도에 대해 가지고 있던 많은 생각이 사실은 무지와 편견이었음을 깨달았다. 인도에도 스타벅스가 있다. 대형 백화점과 맥도날드가 있다. 우리의 주식은 서브웨이 샌드위치였다. 물건을 살 때 바가지를 씌울까 걱정했는데 모든 물건은 정찰제였다. 손바닥만 한 구멍가게도 정해진 가격만 받았다. 새벽녘 기차역에 도착한 우리를 위해 릭샤왈라[3]는 굳게 잠긴 숙소 문을 힘껏 두드려 숙소 주인을 깨워주었다. 길을 물어보면 그냥 알려주는 게 아니라 아예 그 장소까지 데려다주었다.

그저 건강하게만 돌아오자 비장한 각오까지 하고 왔는데 여기도 사람 사는 곳이었다. 왜 인도 전역이 낙후되어있다고, 프랜차이즈 레스토랑이나 카페는 당연히 없다고 생각했을까. 어

---

3) 릭샤를 끄는 사람. 릭샤란 자전거를 개량하여 한두 사람을 태우고 사람이 직접 끄는 인력거를 뜻한다. 2005년 인도의 총리가 '사람의 힘으로 릭샤를 끄는 일은 비인간적인 노동이기 때문에 릭샤를 금지한다.'라고 밝혀 인도에서도 점차 사라지고 있다. 현재는 인도의 콜카타 등지에만 남아 있다. 왈라는 특정한 유형의 일을 하는 사람 혹은 노동자를 뜻하는 인도어다.

째서 모든 인도 사람들은 사기꾼이라고 단정지었을까. 어쩌면 내가(혹은 나만) 운이 좋았을 수도 있겠지만, 한 달 내내 겪었던 인도 사람들의 친절함은 모두 감동이었다. 인도 사람들은 모두 사기꾼이라고 의심했던 게 미안할 정도로 말이다.

물론 인도는 여행하기 힘든 나라가 확실하다. 대부분의 숙소 상태는 마음을 비워야만 하고, 길거리에서 엉덩이를 까고 아무렇지 않게 소변을 누는 남자들을 하루에도 열 번은 볼 수 있다. 4차선 도로에서는 오토바이와 말이 나란히 달리고 있고, 신호를 볼 줄도 모르는 멧돼지 떼가 무리를 지어 찻길을 건너기도 한다. 시장에 가면 지붕 위에는 감자를 훔쳐 먹으려고 틈을 노리는 원숭이들이 있고, 지붕 아래는 감자를 지키는 상인이 있다. 그들의 눈치싸움은 무협 영화의 한 장면처럼 꽤 진지하다. 시장 골목은 또 어떤가. 동네 주민인 양 카디건을 걸친 염소와 개들이 여기저기 기웃거리고 돌아다닌다. 길을 다닐 땐 똥 피하기 게임을 하듯 바닥만 보고 걸어야 한다. 웃거나 하품을 해서도 안 된다. 소똥을 좋아하는 파리 떼가 상상을 초월할 만큼 많기 때문이다.

보고 싶었던 영화가 개봉했는데 후기가 안 좋아서 영화관에 가지 않았던 적이 있다. 우연한 기회로 그 영화를 봤는데 생각보다 재미있었다. 영화관에서 볼 기회를 놓친 게 얼마나 아쉽던지.

인도에 대해 나쁘게만 말하는 사람들의 말을 믿고 지레 겁먹어서 인도에 오지 않았으면 어땠을까. 수만과 사비나를 만나지 못했을 것이다. 꿈이나 돈, 인생에 대한 고민도 깊게 하지 않았을 것 같다. 동화 같기도, 악몽 같기도 한 광경들도 전혀 믿지 못했겠지.

앞으로는 다른 사람의 후기를 정답처럼 믿고 직접 경험할 기회를 놓치면 안 되겠다. 인생은 바다 한가운데 각자의 배를 띄우고 살아가는 것 같다. 바다엔 길이 없다. 경로를 이탈해도 목적지에 도착한다면 지구를 반 바퀴 돌아가도 무슨 상관이랴. 인생에도 정답이 없다. 다른 사람의 말을 다 들을 필요도 없다. 살면서 내리는 선택과 정의, 책임 모두 스스로 져야 하니 신중해야 할 뿐.

〰〰〰〰〰〰

## 번외 1

안씻다의 이름을 처음 들은 날, 지태와 눈이 마주쳐 나도 모르게 웃어버렸다. 이걸 말해줘도 되나.

"안씻다, 너의 이름은 한국에서 '안 씻는다'라는 의미야. 하하."

순간 수만의 가족들 모두 웃음이 터졌다. 수만이 웃겨서 죽겠다는 표정으로 말했다.

"안씻다는 정말 잘 씻어. 안씻다는 깨끗한 아이란다. 하하."

# "아빠 죽으러 간다,
잘 있어"

인도 아그라

당일치기를 고민했던 도시 아그라에서 2주나 머물렀다. 역시 여행은 한 치 앞을 예상할 수 없구나! 인도 물갈이를 아그라에서 시작할 줄 누가 알았겠는가. 지태와 나, 동시에 물갈이를 시작한 탓에 상대방을 보살펴줄 수도 없었다. 그저 서로를 불쌍하게 바라볼 뿐. 발리에서 샀던 지사제도 듣지 않았다. 인도 약국에서 약을 처방받아 먹고 겨우 나았다. 인도 물갈이는 인도 지사제만 듣는다더니 사실이었다.

아그라를 떠나는 마지막 날이 되어서야 타지마할에 갔다. 날씨도 화창하고 햇볕도 따뜻해 아침부터 기분이 좋았다. 타지마할에 오기 전 수만에게 들러 인도 전통 의상인 사리 입는 법을 배웠다. 수만은 옷맵시를 고쳐주며 인도 팔찌를 선물로 주었다. 수만의 남편 라무까지 나에게 사리가 너무 잘 어울린다며 엄지를 들어 보였다.

인도 전통 의상 사리를 입고

타지마할에서 사리를 입고 돌아다니면 연예인 체험을 할 수 있다. 지나가기만 해도 사람들이 모두 쳐다보고, 함께 사진 찍자고 말을 걸기 때문이다. 부담스러운 마음에 내 뒤를 쫓아오는 인도 사람들을 피해 "노노 노노노 노노노" 외치며 도망 다녔다. 사진을 같이 찍어줄 걸 그랬나, 등 뒤로 "Please!" 외치던 소리가 귓가에 맴돈다. 사리 입은 외국인이 신기하게 보였을 텐데.

예전의 나였다면 기쁘게 사진을 찍었을 것이다. 그런데 요즘의 나는 다가오는 사람들이 숨이 막힐 만큼 불편하다. 차라리 내가 투명인간이 되었으면 좋겠다는 생각을 종종 한다. 어떤 관심도 부담스럽고, 아무와도 말하고 싶지 않다. 날 쳐다만 봐도 싫다. 언젠가부터 사람 대하는 게 부담스러워지기 시작했다. 모임을 만들고, 친구들에게 연락을 돌리고, 회계를 자처하던 나였다. 사람들과 북적북적 둘러앉아 웃고 떠들면 몸은 피곤해도 그렇게 행복할 수 없었다. 낯선 사람과 금방 친해지는 나였는데, 지금은 옆에서 한국말이 들려오면 말을 걸까 봐 지레 겁을 먹는다. 사람을 신뢰하고 좋은 관계를 유지하는 게 귀찮고 허무하다. 무례한 사람을 보면 혐오스럽기까지 하다. 사람이 싫어 사람을 피해 다닌다.

지구 반대편, 그것도 인도 아그라에서 나의 우울증과 대인기피증을 알아챘다. 도피성 세계여행은 아니었다. 세계여행은 꼬박 10년째 나의 꿈이었다. 때마침 돈과 시간, 그리고 지태의 결심까지 삼박자가 맞았다. 다만 사람에게 너무 지쳐 있었다. 앞에서는 웃고, 뒤에서는 칼을 후벼 파는 가식적인 사람들이 너무 많았다. 헌신하니까 헌신짝이 되어버렸다.

자고로 맏이의 미덕은 첫째도 인내요, 둘째도 인내요, 셋째도 인내이다. 만 두 살 때 둘째가 태어나면서 나는 아이 자격을 잃었다. 곧이어 태어난 셋째는 맞벌이였던 부모님 대신 내가 돌봤다. 유치원에 다녀와서 막내의 기저귀를 갈고 분유를 먹였다. 나가서 친구랑 놀고 싶으면 막내를 업고 가야 했다. 부모 역할을 요구하면서 그게 언니의 의무라고 했다.

어느 날 아빠가 우리 세 자매를 끌어안고 슬픈 목소리로 말했다.

"아빠 이제 죽으러 가. 잘 살아. 이제 아빠 다시는 못 만나. 나중에 천국 가서 보자."

그날은 그저 부모님이 이혼하고 아빠가 짐 싸서 할머니 집으로 가는 날이었다. 아빠는 지금도 멀쩡하게 살아있다. 그것도 모르고 우리 셋은 집이 떠나가라 울었다. 저녁 늦게 돌아온 엄마는 울고 있는 우리를 밀치며 소리 질렀다.

"그렇게 슬프면 너희 아빠 따라 꺼져버려!"

엄마는 화가 날 때마다 우리를 길거리의 돌멩이처럼 대했다. 한국에 있을 때 텅 빈 방에 혼자 있으면 '죽어야 하는데 아직 살아있네.' 하는 생각이 들었다. 엄마가 나를 혼낼 때마다 늘 하던 소리였다. 10년 넘게 들어왔던 말이라 이제는 엄마 없이도 자주 들린다.

이런 부모 밑에서 나고 자랐다. 멀쩡하게 자라는 게 더 이상했다. 그런데도 나는 내 마음이 멀쩡하다고 믿었다. 뛰어난 내 연기에 나조차도 깜빡 속아버렸다. 지난 일을 생각하면 너무 힘들어서 모두 잊었다. 기억하지 않으면 없던 일이 될 줄 알았다.

그러나 내면의 해결되지 않은 상처는 중요한 순간마다 고개를 삐죽 내밀었다. 주변 사람들과 조금만 사이가 틀어져도 이별을 준비했다. '엄마도 아빠도 나를 떠났는데 이 세상에 누가 날 사랑하겠어? 나는 사랑받을 가치가 없어, 역시 내가 행복해질 리 없어.'라고 생각했다. 다시는 버림받고 싶지 않아서 상대방이 날 떠나기 전에 내가 먼저 손을 놓아버릴 준비를 한 것이다.

장녀라서, 가난해서, 포기하고 양보해야 했던 순간들 때문에 당연히 내 마음은 중요하지 않다고 생각했다. 나만 참으면 모두가 행복해지니까, 나만 참으면 조용히 지나갈 테니까.

그게 아니었는데. 적어도 나만큼은 오롯이 내 편이 되어야 했는데. 내가 힘들다면, 내가 싫다면, 남들이야 뭐라던 내 마음 먼저 생각해도 괜찮았던 건데. 나의 희생은 당연한 게 아니었는데. 다른 사람 마음만 신경 쓰느라 내 마음 병든 걸 몰랐다. 내가 내 마음을 돌보는 게 이기적인 일인 줄 알았다. 세상에 너무 늦은 건 없다지만 내 마음 알아주는 게 너무 오래 걸렸다.

그렇게 사람을 피해 다녔는데 좋은 사람들은 한 마디 예고도 없이 나에게 훅- 하고 안겨 들어왔다. 수만의 가족이 그랬다. 인도 물갈이로 보름 동안 아무것도 먹지 못했을 때, 수만은 자기 식당 주방을 쓰게 해주었다. 수만이 준비해준 인도산 재료로 한국식 달걀 죽을 했다. 아플 때 먹는 죽이 이렇게 맛있었던가, 한입 먹을 때마다 감동의 눈물을 흘렸다.

사비나와 조이, 그리고 길 위에서 만났던 사람들 모두 바람처럼 스쳐 가는 이 나그네를 가족처럼 대해 주었다. 그들과 함께 있으면 뾰족하게 날 서 있던 마음이 누그러졌다. 낯을 가리고 사람을 피해 다니던 내가 신나서 말을 쏟아냈다.

"See you on the other side!" (지구 반대편에서 또 만나자!)

우리는 헤어질 때 이렇게 인사했다. 길 위에서 우연히 만난 것처럼 다음에도 우연히, 지구의 반대편에서 만나자고. 다시 만날 약속을 하며 기쁘게 헤어졌다.

무례한 사람에게 받은 마음의 상처가 따뜻한 사람을 통해 낫는다. 얼마나 다행이고 얼마나 멋진 일인가. 나는 아마 다시 상처를 받을 것이다. 그러나 다시 괜찮아질 것이다. 지구 곳곳에 살고 있는 나의 가족들로 인하여.

# 사막에서
# 당신과 하룻밤

인도 자이살메르

저녁을 먹는데 입에서 모래가 같이 씹힌다. 괜찮다. 여기는 사막이니까. 자려고 누우니 이상한 냄새가 난다.

"지태야 방귀 뀌지 마."

"나 아닌데??"

젠장, 낙타 똥 냄새다. 그래도 괜찮다. 여기는 사막이니까.

## 가치 없는 고민

선택의 폭이 점점 단순해지고 있다. 세수할 땐 클렌징폼 대신 비누를 사용한다. 린스는 안 쓴 지 오래다. 심지어 샴푸로 목욕까지 한다. 한국에서는 계절마다 머리 스타일을 바꾸고 살았는데 지금은 무조건 단발이다. 염색, 파마, 매직 내가 가졌던 수많은 선택지는 '지금 자를 것이냐, 나중에 자를 것이냐' 단 두 개만 남았다. 로션이 떨어지면 백화점 대신 구멍가게를 간다. 서울에선 그 흔한 대형마트가 여기는 없다. 깔끔하게 진열된 마트를 찾으면 운수 대통이다. '오늘 뭐 입을까? 어떻게 코디하지?' 이런 고민은 할 필요가 없다. 갈아입을 옷이 없기 때문이다. 비루한 여행자의 가방엔 반소매, 반바지, 긴소매, 긴바지가 딱 한 벌씩 들어있다. 거울 앞에서 가위를 꺼내 든다. 삐죽삐죽 튀어나온 머리끝을 대충 다듬는다. 상상도 못 했던 삶인데 살다 보니 장점도 있다.

선택지가 단순해질수록 생각도 단순해진다.
생각이 단순해지니 걱정도 단순해진다.
크게 행복하지 않지만 크게 불행하지도 않다.
매일 소소하게 작은 행복들을 느끼며 살고 있다.

황금도시라고 불리는 인도 자이살메르에 왔다. 황금도시란 명성답게 모든 건물이 황금색이다. 사막에서 하룻밤을 보내려고 모인 사람들 때문에 도시는 북적거렸다. 사막에서 하룻밤이라니 얼마나 낭만적인가! 고등학교 3학년 문학 시간이 생각난다. 교과서에 사막에서 하룻밤을 보낸 이야기가 나왔다. 그때였다. 사랑하는 사람과 사막에 가야겠다, 쏟아지는 별 아래서 손을 꼭 잡고 자야겠다, 꿈이 생긴 것은.

"문학 선생님! 제가 사막 가서 편지 쓸게요! 주소 좀 알려주세요!"

선생님은 내 편지를 받을 때까지 이사 가면 안 되겠다고 웃으셨다.

[좌] 황금도시 자이살메르 [우] 지태의 어반스케치

사막에서의 하룻밤은 생각보다 낭만적이지 않았다. 누운 자리가 곧 침대요, 불을 피운 자리가 곧 부엌이었다. 화장실은 사람이 없는 곳 사방 어디나였다. 이불에 누우니 이상한 냄새가 스멀스멀 코를 찔렀다. 밤새도록 낙타 똥 냄새를 맡아야 한다니... 이런 것은 문학책에 나와 있지 않았는데...

[좌] 킹사이즈 침대 [우] 조식 포함 사막캉스

그래도 괜찮다. 기대가 없으니 불평할 것도, 불만을 가질 것도 없다. 그냥 그러려니 하게 된다. 기차가 연착해도, 물갈이를 열흘씩 해도, 카레를 먹는데 입에서 모래가 씹혀도 그냥 웃음만 나온다.

꽤 괜찮은 것 같다. 단순해지니 머리에서 시끄러운 생각이 사라졌다. 나는 왜 사는지, 왜 태어났는지, 언제 죽는지... 그런 것들. 함께 하며 좋은 사람이 있다는 게 어떤 건지 온몸으로 느끼고 있다. 골목에 나란히 서서 그림을 그릴 때, 카페에서 햇빛

받으며 멍 때리고 앉아있을 때, 자기 전 침대에 누워 각자 핸드폰 할 때, 잠들 때까지 머리를 쓰다듬어주며 아재 개그를 날리는 지태를 볼 때.

가지고 싶은 건 무엇이든 쉽게 가질 수 있는 한국과 비교도 안 되는 이곳 사막에서 만족함을 느낀다. 모든 것은 마음먹기 나름이라더니, 부족한 여행을 통해 마음 근육이 단련되고 있다.


사랑하는 사람과

사막에서

쏟아지는 별 아래

같은 침낭 속에서

손을 꼭 잡고

잠들고 싶다

라고 생각한 지 딱 10년 만에 이루었다.

〰〰〰〰

## 번외

"지태야… 너… 궁둥이가…"

낙타를 타고 가는데 엉덩이를 계속 들썩거리던 지태였다. 딱딱한 안장이 불편한가 싶었는데 시퍼렇게 까져서 피가 나고 있었다니. 엉덩이가 이 지경이 되도록 아무 말도 못 하고 아파했을 지태를 상상하면 웃겨서 견딜 수가 없다. ㅋㅋㅋㅋㅋㅋㅋㅋㅋㅋㅋㅋㅋㅋㅋㅋㅋㅋㅋ ㅋㅋㅋㅋㅋㅋ

# 소문과 사실,
# 그 사이 어디쯤

인도 자이살메르

자이살메르에는 한국인에게 유명한 낙타 사파리 업체가 여럿 있다. 개중엔 한국 연예인의 이름을 딴 '원빈 낙타 사파리'와 '낙타 몰이꾼 박보검'도 있을 정도다.

업체마다 투어 비용이나 저녁 메뉴, 사막의 위치[4] 등 특징이 다른데, 사실 투어를 예약할 때 가장 중요한 것은 따로 있다. 바로 '모집 인원'이다. 원하는 날짜가 있어도 최소 모집 인원이 모이지 않았다면 투어는 취소된다. 시간이 넉넉한 여행자라면 아무렴 상관없겠지만, 떠날 날짜가 정해져 있는 여행자라면 선택

---

4) 돈을 더 낼수록 사막 깊은 곳으로 투어를 다녀올 수 있다. 도시와 가까운 사막일수록 비용은 저렴하지만 드문드문 나무와 잡초 같은 풀이 있어 완벽한 사막을 기대했다면 실망할 수 있다.

권이 없다는 소리다.

그중 내가 이용한 가지네 낙타 사파리는 호텔 겸 식당까지 함께 하는 곳이었다. 그것도 김치볶음밥과 떡볶이, 냉면 같은 한식을 마음껏 먹을 수 있는 식당. 일주일의 짧은 여행이라도 캐리어에 컵라면과 고추장을 챙겨가는 우리는 한국인 아니던 가. 음식 때문에라도 이민은 못 하겠다, 생각할 만큼 주기적으로 맵고, 달고, 짠 한식이 필요했다. 마침 원하는 날짜에 예약할 수 있었고 비용과 투어 코스도 마음에 들었다.

숙소에 짐을 풀고 '가지네 낙타 사파리'에 대하여 검색했다. 대부분 잘 다녀왔다는 이야기였다. 그런데 그중 하나가 눈길을 끌었다.


"가지네 낙타 사파리 불매운동"
"한국인의 힘을 보여줍시다."


가지에게 인격적인 문제가 있으니 서비스를 이용하지 말자 는 글이었다. 증거도 없고 당사자도 아니지만 카더라 통신에 따르면 확실하다고 했다. 가지의 친구가 한국인에게 사기를 쳤고, 사람은 끼리끼리 뭉치니 가지 또한 한통속일 거라는 이야기였다. 자세한 내용은 없었다. 그냥 믿으라고 했다. 그 밑으로 달린 사람들의 흉흉한 추측과 비난 댓글을 더 이상 보고 싶지 않았다. 핸드폰 화면을 꺼버렸다.

소문과 사실, 그 어디쯤에서 떠돌아다니는 말을 들을 때 우리는 어떻게 행동해야 할까. 다수의 의견을 따라 한 사람에게 붉은 낙인을 찍어도 마땅한 걸까. 아무리 그래도 지구 반대편 인도 사람에게까지 한국인의 힘을 보여주자며 불매운동 글을 올리는 건 조금 유치해 보였다.

소문은 어디에서 와서 어디로 가는 걸까. 연기처럼 나타나서 연기처럼 사라지는 이 소문을 두고 누군가는 말한다. '아니 땐 굴뚝에 연기 나겠느냐. 땔감이 있기 때문에 굴뚝에서 연기가 나는 것이다.'라고 말이다. 하지만 과연 그럴까. 나 또한 소문 때문에 곤욕스러웠던 적이 있다. 바로, 예전 남자친구와 이별했을 때다. 이별 후 그는 우리가 함께 알던 사람들에게 사실이 아닌 이야기를 전했다. 나에 대한 망상과 추측이었다.

물론 그는 스스로에게 불리한 내용은 주변 사람들에게 말하지 않았다. 예컨대 화가 날 때마다 벽에 물건을 집어 던져서 화풀이하는 습관이 있다는 것이나 우리의 이별 앞에서 자기의 분을 이기지 못해 들고 있던 핸드폰을 유리창에 던졌고, 그로 인해 내 키만 한 유리창이 산산조각이 났다는 말은 입 밖으로 꺼내지 않았다.

거기에 컴퓨터 게임에서 연패한 날이면 분노로 가득 차 내 앞에서 주먹이 까질 때까지 벽을 내리친 것, 그가 중국에서 학교에 다닐 때 화가 나면 식칼을 휘두르는 학생이 있었다는 이야기를 종종 하면서 자신의 화풀이 방식은 축에도 못 낀다는 말로 나를 놀라게 했다는 사실 모두 철저하게 비밀로 부쳤다.

그가 나를 놓아주기까지 제발 헤어지자고 몇 달을 부탁하며 피해 다녔지만 내 말을 무시하고 제멋대로 행동했다는 사실 또한 아무도 몰랐다. 오히려 그의 말만 믿고서 나에게 험한 욕을 하던 사람도 있었다.

처음엔 해명했다. 그러나 진실은 필요 없다는 듯 오히려 나를 거짓말쟁이 취급하는 그들을 보면서 한 가지 깨달았다.

'어쩌면 중요한 건 그 소문의 진실 여부가 아닐지도 모른다. 그보단 그 소문을 대하는 우리의 태도가 더 먼저일 수도 있겠다.'

연기처럼 왔으니 연기처럼 사라져버릴 소문을 바람에 흘러가게 두어야겠다. 시간이 지나면 지금보다 나아지겠지, 바라면서.

가지와 그의 친구에 대한 소문이 사실인지 아닌지 밝혀질 때까지 일단 나는 붉은 낙인을 찍지 말아야지. 아니 땐 굴뚝에도 연기가 날 수 있으니까.

〰〰〰〰〰

## 번외

별별 사람이 다 있는 이 세상에서 나를 오해하고 비난하는 사람을 만난다면 어떻게 해야 할까. 그건 사실이 아니라고 쫓아다니면서 해명해야 할까. 아니면 함께 상대방을 욕하고 싸워야 하는 걸까.

지태와 내가 주인공인 세계여행 글을 쓰면서 얼마간 걱정했다. 책에 나온 일부분으로 지태와 나의 삶, 우리의 관계가 사실과 다르게 평가되고 비난받으면 속상할 것 같았다. 그때 지태가 말했다.

"남들이 뭐라고 생각하든 그건 하나도 중요하지 않아. 우리가 어떤지 알잖아. 그거면 된 거야."

# 아무렇지 않게
# 스쳐 지나갔다

인도 고락푸르

네팔에 가기 위해 인도 국경과 가장 가까운 기차역인 고락푸르역에 왔다. 이제는 익숙해진 인도 기차를 벗어나 계단을 올라가는데 계단마다 이상한 물 자국이 있다. 이게 뭐지? 고개를 들어 주위를 둘러보니 계단 저 멀리 다리를 절뚝이는 어린 아들과 그 손을 꽉 붙든 아버지가 보였다. 바지가 젖어있는 걸 보니 기차에서 실수했나 보다. 아프게까진 발뒤꿈치에서 시선을 거둘 수 없었다. 마음이 갔지만 눈을 감았다. 감히, 내가 뭐라고. 그들을 불쌍하게 여길 수 있겠는가.

어느 날 막냇동생 희옥이가 말했다.

"나는 나를 불쌍하게 보는 게 싫어. 그래서 내가 힘들어도 얘기 안 해.”

엄마는 화가 날 때마다 나와 동생들을 때렸다. 처음엔 회초리로 손바닥만 때렸는데 횟수가 거듭되면서 엄마의 처벌 방식도 심해졌다.

고등학생 때는 체육 시간만 되면 구석에 가서 체육복을 갈아입었다. 몸에 든 피멍을 친구가 가리키며 무엇이냐고 물은 날에는 그냥 넘어졌다고 둘러댔다.

엄마의 나아지지 않는 손찌검 때문에 나와 희옥이는 일찍부터 집을 나와 살았다. 희옥이는 우리 집에서 10분 거리에 따로 방을 얻었다. 자주 왕래했지만 함께 살지는 않았다. 혼자만의 공간이 필요하기 때문이었다. 가족이란 이유로 참아야만 하는 관계에 서로 지쳐 있었다. 각자 돈도 벌고 있으니 문제도 없었다. 아니, 문제가 없는 줄 알았다.

이따금 희옥이는 잠수를 탔다. 아무리 메시지를 보내도 답장은커녕 읽지도 않았다. 하루 이틀, 때론 일주일이 넘어가도 연락이 되지 않았다. 어렸을 때부터 부모님에게 험하게 맞고 자란 탓인지 희옥이가 연락이 안 될 때마다 무서운 생각이 들었다. ‘납치라도 된 건가? 회사에 출근하고 있는지 연락해 봐야 하나? 혹시 출근하지 않았다면? 경찰에 신고해야 하나?' 그런 걱정들 말이다. 친구였다면 일 년 동안 답장이 없어도 잘 살고 있겠거니 신경 쓰지 않았을 텐데, 동생에겐 내가 보호자가 되어주어야 한다는 책임감을 얼마간 느꼈던 것 같다. 기저귀를 갈아주고 분유를 타서 먹이던 동생이라 그랬던 건지, 고작 다섯 살 차이지만 내가 더 나이가 많으니 동생의 바람막이가 되어주어야 한다는 의무감 때문이었는지 모르겠다.

희옥이가 엄마에게 호되게 맞고 집에서 나와 내가 혼자 살던 오피스텔로 왔을 때, 그리고 한 달 동안 함께 살았을 때. 나는 나 자신이 아니라 '보호자, 희옥이의 언니'가 된 기분이었다. 회식으로 귀가가 늦어지는 희옥이가 신경 쓰이고 걱정되었다. 너무 늦게 다니지 말라는 잔소리도 했다. 나도 신경 쓰고 싶지 않았다. 마음 편하게 나의 저녁을 보내고 싶었다. 그런데 그게 쉽게 되지 않았다. 동생을 챙겨야 한다는 책임감과 의무감은 숨이 막히게 무거웠다. 나도 이십 대가 처음이고, 누군가를 책임지고 돌보기엔 아직 어리기만 한데, 내가 왜? 그저 언니라는 이유로? 물음표는 떠나지 않았다. 그래서 더욱 혼자 살고 싶다는 희옥이를 말리지 않았다. 동생을 챙기지 않는다는 죄책감도 잠시 느꼈지만, 보호자가 아닌 '그냥 나'로 살고 싶었다.

잠수를 탔던 희옥이와 겨우 연락이 닿은 날에는 차라리 미리 말이라도 해주라며 화도 내 보고 설득도 해보았다. 도대체 왜 잠수를 탔냐는 물음에 희옥이는 끝내 이유를 말하지 않았다. 실연을 당해서 그랬나? 아니면 몸이 아파서? 막연히 추측할 뿐이었다.

돈이 없어서 힘들 때마다 잠수를 탔다는 말은 몇 년이 지나 처음 들었다. 신입사원 월급에서 나에게 빌린 보증금을 나눠 갚고, 생활비를 빼고 나니 줄일 건 식비밖에 없었단다. 그 말을 듣는데 마음이 내려앉았다. 워낙 힘든 내색하지 않기에 잘 지내는 줄 알았다. 자기를 불쌍하게 보는 게 싫어서 그랬을 줄이야.

"나한테 말하지 그랬어. 나는 돈 천천히 갚아도 상관없었는데."

"아니야, 언니도 힘들었잖아."

"나는 별로 안 힘들었는데."

희옥이와 마음을 터놓고 긴 이야기 나눈 건 어쩌면 그때가 처음이었을 것이다. 사춘기가 다 지날 때까지 우리는 서로를 오해하고 미워했다. 집에서 독립해서야 대화를 시작한 것이다. 한집에 살 때는 하지 않던 속 깊은 대화를 말이다.

"나는 나를 불쌍하게 보는 게 싫어. 그래서 언니한테도 말 못했어. 미안해."

한편으로는 희옥이의 마음이 이해되었다. 나도 그랬으니까. 누군가 내 사정을 알게 될 때면 불안했다. 꼬리표가 붙을까 봐. 부모님이 이혼해서, 집안이 가난해서, 가족이 화목하지 못해서 쟤가 저런 거야. 그런 꼬리표가 따라다닐까 봐. 나는 퍽 괜찮은 인생이라 생각하는데 누군가에 의해 한순간 불쌍한 사람이 될까 봐. 그래서 어느새 나도 나를 불쌍히 여기게 될까 봐.

사람들의 위로 섞인 안타까움을 마주할 때마다 말하고 싶었다. '나는 위로가 필요하지 않아요. 내가 어쩔 수 없는 일들은 나를 슬프게 하지 않아요. 그러니 위로가 필요한 사람으로 만들지 말아 주세요. 나는 그냥 나예요. 내가 힘든 것보다 당신이 나를 불쌍하게 여기는 그 마음이 나를 더 비참하게 해요.'라고.

지태와 내가 친구 사이일 때 힘든 일을 툭 털어놓은 적이 있다. 궁금한 게 있었을 텐데 되묻지 않았다. 위로나 조언도 하지 않았다. 내 이야기가 끝날 때까지 조용히 듣기만 했다. 그게 고마웠다. 아무 말도 하지 않았는데 위로가 되었다. 내가 필요했던 건 어쩌면 위로가 아니라 나를 나 자신으로 바라봐주는 시선이었을까.

우리의 걸음 속도가 고락푸르역 계단을 오르는 부자를 따라잡았다. 천천히, 그러나 힘 있게 걸음을 내딛는 부자를 지나 역을 빠져나왔다. 아무렇지 않게 스쳐 지나왔다.

인샬라. 신의 뜻대로, 당신에게 축복이 있기를.

# 어떤 경우에나
# 만족하는 비결

인도-네팔 국경에서



기차와 버스를 타고 네팔까지 국경을 넘고 있다. 국경선에 가기 위해서는 고락푸르역에서 버스를 타야 하는데 밥 먹듯이 연착하는 인도 기차 때문에 버스정류장 도착 시간이 늦어졌다. 버스를 놓칠까 봐 온종일 밥도 굶고 서둘러서 버스에 겨우 탑 승했는데, 3시에 출발한다는 버스가 6시가 지나도 출발하지 않는다. 오늘 네팔에 가기는 글렀다.

국경에 도착하니 늦은 밤이었다. 어쩔 수 없이 호텔에서 하 룻밤 묵어가기로 했다. 여행자가 잘 오지 않는 듯 국경 근처엔 호텔이 두 개밖에 없었다. 첫 번째 들어간 호텔 숙박비용은 인 도 물가를 초월한 가격이었다. 아침 일찍 네팔로 떠날 텐데 굳이 비싼 돈을 쓰고 싶지 않았던 우리는 건너편에 있는 호텔로 향했다. 드라큘라 백작이 살 것 같은 낡고 으리으리한 호텔이었다. 입구에 있는 호텔 표지판을 보고 마당을 지나 들어가는데 여기가 정말 호텔이 맞는지 의심스러웠다. 나무는 울창한데 조명이 하나도 없어서 핸드폰 플래시를 켜고 걸었다.

호텔 로비에 들어서자 인도 사람이 우리를 맞아주었다. 깔끔하게 정돈된 로비를 보고 그제야 안심이 되었다. 가격도 적당해서 더 고민할 게 없었다. 직원의 안내를 받아 긴 복도를 따라 들어갔다. 방문을 여는 순간 찬바람이 훅, 하고 불어왔다.

"이거... 방 탈출 게임이야? 어디로 탈출하면 돼?"

방문을 열고 한동안 들어가지 못했다. 창문이 열려있나 했는데 유리창이 없는 거였다. 벽에는 거미줄이 쳐져 있었고, 바닥에는 거미가 기어 다녔다. 방충망도 없는 1층이라서 도둑놈이 들지는 않을까 걱정스러웠다. 그사이 화장실에 들어간 지태가 비명을 질렀다. 세면대에서 시뻘건 녹슨 물이 뚝. 뚝. 떨어지고 있었다.

지금이라도 나가서 환불을 받을까, 잠시 고민했지만 갈 곳이 없었다. 하는 수 없이 가방을 풀고 먼지 쌓인 침대 위에 침낭을 깔았다. 얼마 남지 않은 생수로 대충 씻고 침낭 속으로 들어갔다.

꼬르륵.

"지태 너야?"

"아니 너 같은데?"

긴장이 풀리니 허기가 느껴졌다. 먹을 것도 없어서 아침에 사 온 감자 칩을 깠다. 하루 종일 먹지 못했더니 위가 쓰리다.

"크크크… 크크크크."

갑자기 실실 쪼개는 나를 지태가 걱정스러운 눈빛으로 쳐다봤다. 분명히 안 좋은 상황인데 웃음이 나오다니. 그래, 살면서 언제 이런 경험을 해보겠어. 웃자 웃어.

다음 날 아침, 호텔 체크아웃을 하면서 바라본 마당은 꽤 근사한 모습이었다. 드라큘라 백작은 온데간데없고 인도 사람 서넛이 비둘기에게 밥을 주고 있었다. 즐거운 네팔 여행이 되라는 작별 인사를 뒤로하고 네팔 포카라로 가는 버스표를 구했다.

버스에 타서 출발을 기다리고 있는데 외국인 커플이 들어오더니 다짜고짜 표를 얼마에 샀냐고 우리에게 물었다. 화가 난 표정이었다. 당황한 나는 '얼마라고 말해야 저 외국인이 화내지 않으면서 나의 저렴한 가격을 숨길 수 있을까.'라고 생각했다. 왜 숨겨야 한다고 생각했을까? 외국인 커플 뒤로 따라 들어온 네팔 청년을 곤란하게 할까 봐 걱정했던 걸까? 모르겠다. 그냥 600루피라고 말해버렸다. 내 대답에 그 외국인은 가격이 비슷하다며 자리에 앉았다. 화가 좀 누그러진 눈치였다. 물론 우리는 2인에 600루피, 쟤네는 1인에 625루피였지만. 미안해, 거짓말을 한 건 아니지만. 이거 부르는 게 값인가 보다. 잠시 후 외국인 커플 뒤로 따라 들어온 네팔 청년이 밑도 끝도 없이 우리에게 맨 뒷자리로 가라고 말했다. 우리가 앉은 자리는 외국인 커플의 자리라고 했다. 맨 뒷자리는 허리가 90도로 꺾이는 비좁은 좌석이었다.

"아까 운전기사가 이 자리에 앉으라고 했는데?"

"응 아니야. 뒤로 가. 맨 뒷자리가 너희 자리야."

"무슨 소리야, 여기 앉으라고 했다니까?"

"노노 노 노, 뒤로 가, 뒤로!"

막무가내로 우기는 탓에 말이 통하지 않았다. 더 이상 그에게 대꾸하지 않고 옆에 있던 외국인 커플에게 물었다.

"너희 버스표 언제 샀어?"

"방금, 1분 전에."

"그래? 나는 좋은 자리 준다고 해서 3시간 전부터 돈 내고 앉아서 기다리고 있는 건데? 그럼 버스표 보여줘 확인해야겠어. 내 표도 주고, 이 자리 주인 표도 보여줘."

버스표를 요구하자 네팔 청년은 아무 말도 하지 못했다. 그는 어쩔 수 없다는 표정으로 우리를 떠나갔다.

조용해진 버스에서 외국인 커플과 나란히 앉아 통성명했다. 제스와 헤일로는 영국에서 온 흑인, 백인 커플이었다. 신기하게도 우리와 트레킹 출발 날짜가 똑같았다. 어쩌면 히말라야에서 만날 수도 있을 것 같다.

버스는 출발 시각이 한참 지나도 출발하지 않았다. 출발할 생각이 전혀 없어 보였다. 승객들도 언제 출발하든 상관없다는 듯 앉아있었다. 버스는 사람들을 계속 태우고 있었는데, 가만 보니 버스표와 정해진 좌석이 있는 것 같았다. 정가가 적혀있어서 표를 줄 바엔 아무 자리나 앉게 해준 건가? 정가는 도대체 얼마였을까.

국경에서 포카라까지 버스로 장장 12시간이 걸린다. 인도에서부터 대기시간까지 합치면 꼬박 30시간을 이동하는 데 쓰고 있다. 산을 깎아 만든 도로를 따라 버스는 대장내시경 하듯 꼬불거리며 달렸다. 길이 워낙 험해서 버스는 롤러코스터처럼 통통 튀고, 허리는 전혀 펼 수 없을 만큼 좌석이 좁아 척추가 재조립되는 기분이다. 버스 기사는 졸음을 쫓으려는 방편인지 아리랑 같은 네팔 전통 음악을 밤새도록 틀고 달리고 있다. 넋을 놓아야만 버틸 수 있는 이 순간이 마냥 웃기기만 하다. 그래, 살면서 언제 또 이런 버스를 타보겠어. 오늘에 '무조건' 감사하기로 했다. 그것이 행복의 비결이었다.

### 어쩌면 평생 존재하는지도 몰랐을 것들

"도대체 살면서 필요도 없는 함수는 왜 배우는 걸까."

고등학교 때 배우는 수학은 정말이지 인생에 쓸모가 없어 보였다. 눈싸움하듯 수학 문제를 뚫어져라 쳐다봤지만 패배자는 항상 나였다. 그때 반장이 내 옆을 지나가며 말했다.

"그럼 이렇게 생각해봐, 우리가 앞으로 살아가면서 언제 함수를 배워보겠어!"

고등학교 졸업 후, 십 년 동안 함수는 전혀 쓸모가 없었다.

그러나 동시에 배울 기회도 다시는 없었다. 학교에서 배우지 않았다면 이 세상에 함수가 있는지도 몰랐을 것이다. 그런 의미에서 인도와 네팔 국경에서 했던 고생은 의미가 있다. 겪어보지 않았다면 지구에 이런 곳이 있는지 평생 몰랐을 테니 말이다.

열악한 여행환경에 처음부터 감사했던 건 아니다. 인도에 입국한 첫날, 숙소를 구하기 위해 시내를 돌아다니는데 길거리에서 호객하는 한 할아버지를 만났다. 그 할아버지를 따라 방문한 숙소는 마치 전쟁터 난민촌 같았다. 자는 사이 혹 장기라도 털릴까 무서워서 단숨에 도망쳐 나왔다. 5층에서부터 뛰어 내려오는데 바로 뒤에서 인도 할아버지가 재빠르게 뒤쫓아 뛰어 내려왔다. 쿵! 쿵! 할아버지의 발걸음 소리에 이대로 잡혀 들어갈까 봐 정말 무서웠다. 인도 여행에 확 좀은 우리는 어쩔 수 없이 여행자들에게 유명한 숙소로 향했다. 인도 물가치고 엄청나게 비싼 가격이었다.

방문을 열었을 때의 충격을 아직도 잊지 못한다. 얼마나 청소를 안 했으면 저렇게 됐을까, 싶을 만큼 새까맣고 커다란 먼짓덩이들이 벽에 덜렁덜렁 붙어있었다. 침대 커버와 베개는 눅

눅하고 찜찜했다. 화장실 변기는 뚜껑이 없는 좌변기라 투명의자 자세가 필수였다. 볼일을 본 후에는 수돗물을 길어서 물을 부어야 했다. 씻을 땐 어떠한가. 한 사람 간신히 서 있기도 힘든 좁은 공간에서 그 추운 날씨에 정신이 번쩍 드는 차가운 물로 샤워해야 했다. 버려지는 물은 하수구가 아닌 화장실 벽에 뻥 뚫린 구멍을 통해 건물 밖으로 흘러나갔다.

숙소에서 체크아웃할 때 드디어 탈출했다며 기뻐했지만 인도 기차 사정도 별반 다를 것 없었다. 코를 찌르는 지린내와 구린내가 밤새도록 내 자리를 침범했다. 코가 마비될 것만 같았다. 기차역 화장실에선 왼쪽 사람의 대소변이 내 앞을 지나 오른쪽 사람에게 흘러갔다. 구석에 있는 하수구에 대소변이 모였다. 심지어 유료 화장실이었다. 처음 겪어보는 환경에 스트레스가 이만저만 아니었다. 그랬던 내가 이렇게 변한 이유는 어쩌면 인도 사람들의 말버릇인 'No Problem' 덕분일 것이다.

하루는 기차역에 우리를 데려다준 릭샤왈라가 주머니에 있는 돈을 모두 꺼내 보이며 말했다.

"이런! 잔돈이 없네? 자 이것만 줄게. No Problem! 괜찮아~ 괜찮아~"

참나, 내 돈 안 주면서 왜 지가 괜찮데? 방심하고 있다가 뒤통수 맞았다. 기차 출발 시각이 얼마 남지 않아서 어쩔 수 없이 봐줬다. 돈을 못 받다니 분명 짜증 나야 하는 상황인데 다시 생각해보니 괜찮은 것 같기도 했다. 이게 바로 No Problem의 힘인가? 괜찮다고, 전혀 문제 되지 않는다고 말하고 나니 진짜 별것도 아닌 일 같았다.

그동안 하나라도 손해 보지 않으려고 늘 따지고 계산했었는데 마음을 비우니 스트레스받을 일도 사라졌다. 마음을 다스릴 수 있는 꽤 근사한 방법인 것 같다. 욕심도, 걱정도, 짜증도 없이 가벼운 마음으로 계산 없이 사랑하고, 손해를 봐도 화가 나지 않는 No Problem의 마음가짐. 무슨 일이든 '무조건' 감사하자. 나의 행복을 위하여.

〜〜〜〜〜〜〜

## 번외

인도 국경에서 네팔로 이동하는 날, 만나는 인도 사람마다 이렇게 말했다.

"네팔은 무척 아름답고 사람들도 친절해. 나도 네팔이 좋아서 자주 놀러 가. 너도 분명 즐거운 여행이 될 거야."

그러나 국경을 넘는 순간, 만나는 네팔 사람마다 이렇게 말했다.

"인도 놈들 전부 사기꾼이야!! 진짜 진짜 못된 사람들!! 절대 믿지 마, 정말!! 정말 위험해!!"

Part 3

사람에 웃고 사람에 빡치고

# 당신은 당신이 생각한 것보다
# 훨씬 더 강하다

네팔 ABC 트레킹 1

때때로 나의 한계를 생각하지 않고 무작정 저질러버릴 때가 있다. 오늘이 바로 그런 날이다. 상황을 먼저 만들어놓고 그 속에 나를 밀어 넣으면 어떻게든 되겠지 하는 성격 때문이다. 네팔로 떠나기 6시간 전, 인도에서의 새벽이 밝아오고 있다. 2박 3일 푼힐 트레킹이 9박 10일 ABC[5] 트레킹으로 바뀌는 순간이다.

당연히 못 한다고 생각했다. 포기와 도전, 그 경계에서 나의 체력을 생각하면 포기하는 게 더 현명하다고 말이다. 척추측만증이 있어 무거운 가방을 오래 메지 못하고, 많이 걸으면 정강

---

5) 안나푸르나 베이스 캠프의 약자(Annapurna Base Camp)

이가 쑤셔 절름발이가 된다. 거기에 한 달에 하루는 생리통 때문에 종일 침대에서 일어나지 못하니 시작하기도 전에 겁을 먹은 것이다. 할 수 있는지 알 수 있는 가장 확실한 방법은 그냥 해보는 것인데. 어쩌면 나를 방해한 것은 능력 부족이 아니라 변명과 자기 합리화일 것이다. 해보지도 않은 주제에 나는 능력이 없다고 생각하다니.

"당신은 당신이 생각한 것보다 훨씬 더 강하다. 할 수 있을까 주저하고 있다면 그러지 말길 바란다."라고 말하는 누군가의 말을 믿어보고 싶다. 나의 한계를 넘어보고 싶다. 고산병이나 체력 저하로 중간에 하산하면 어떤가. 내가 지금 용기를 냈다는 사실과 설레는 이 마음이 중요한 거지.

### 트레킹의 시작

울레리는 푼힐+ABC 트레킹 구간에서 지프가 들어갈 수 있는 마지막 마을이다. 버스를 타고 아랫마을에서 트레킹을 시작하면 돈을 아낄 수 있었지만 우리는 체력을 아끼기 위해 울레리까지 지프를 타기로 했다. 지프 셰어를 위해 방문한 해리네 게스트하우스에 한국 사람들이 모여 있었다.

"침낭이 너무 얇아요. 제가 ABC에 4번 갔다 왔는데 그 침낭으로 지금 못 버려요. 정상에 눈 쌓였어요."

"짐이 그것밖에 없어요? 와~ 그렇게 조금 챙겨가는 사람은 처음 보네요."

모두가 우리를 보며 걱정했다. 그도 그럴 것이 ABC 정상은 지금 영하 20도란다. 길이가 한 뼘짜리인 봄 가을용 싸구려 침낭과 얇은 경량 패딩을 보고 사람들이 혀를 내두를 만도 했다. 거기에 인도에서 사 온 허접한 패션 가방과 전통 바지라니. 우리의 차림새는 히말라야에 어울리지 않았을 것이다.

인도 패션 가방과 인도 전통 바지를 입고

하지만 우리의 생각은 조금 달랐다. 침낭이 얇아서 잘 때 추운 것보다 침낭 무게에 지쳐 중도 하산하는 게 더 두려웠다. 거르고 걸러 챙겨 온 가방의 절반은 핫팩이었고, 나머지는 고산병에 좋은 생강 티백과 초콜릿, 잠옷으로 입을 티셔츠 하나와 양말 한 켤레였다.

게스트하우스 주인장 해리가 가방 무게를 한 번 재보자며 저울을 들고나왔다. 지태와 나, 각 4㎏이었다. 이것도 꽤 무겁다고 생각했지만 짐이 많은 사람은 15㎏도 거뜬히 넘는다는 말을 듣고 더 이상 짐을 줄이려는 욕심은 부리지 않기로 했다. 누군가 물었다.

"포터[6]를 고용하지 그러셨어요."

정상에 무조건 가고 싶었다면 포터를 고용했을지도 모르겠다. 하지만 우리의 목표는 정상이 아니었다. 우리의 한계가 어디까지인지 실험하는 데 있었고, 도전할 용기를 냈다는 사실이면 충분했다. 결과에 상관없이 내가 한 노력은 실패가 아니니까.

포터를 고용하지 않은 또 다른 이유가 있다. 우리의 체력은

---

6) 트레킹 하는 동안 10kg 정도 트레커의 짐을 들어주는 사람

하루에 최대 15km를 걷는 국민 일정을 따라갈 수 없다. 힘들거나 경치가 좋으면 하루 이틀 더 쉬어가고 싶은데 하루당 임금을 지급해야 하는 포터를 고용한다면 속이 쓰려서 편하게 쉬지 못할 것 같다. 어쩌면 겪어보지 않아서 용감할 수도 있고.

빵빵~

이야기하는 사이 기다리던 지프가 도착했다. 울레리로 출발!

# 히말라야 4일째,
# 설사가 멎지 않는다

네팔 ABC 트레킹 2

 

 

오전 트레킹 내내 설사인지 방귀인지 가늠조차 되지 않는 '그것'을 참기 위해 괄약근에 힘을 뺄 수 없었다. 화장실에서 '그 것'의 존재를 확인하는 순간, 참길 잘했다고 생각했다. 왜 하필 트레킹과 동시에 물갈이를 시작한 걸까. 네팔의 물은 석회수라서 늘 생수를 사서 마셨는데 물갈이에 걸리다니 아마도 식당 음식이 문제였나 보다. 네팔에 와서 9일 동안 변비에 걸렸던 지 태와 열띤 토론이 시작되었다. 변비와 장염 중 무엇이 더 고통스러울까. 우리는 만장일치로 장염의 손을 들었다.

산을 처음 타보니 이런 실수가 있다. 짐 줄이기에만 집중한 나머지 예외상황을 생각하지 않고 약을 가져오지 않은 것이다.

산에선 모든 게 다 귀하다. 핸드폰을 충전하는 전기나 와이파이, 씻을만한 뜨거운 물도 숙박비와 별도로 비싼 값을 내야 한다. 다행히 지프를 함께 타고 온 준용이에게 지사제를 얻었다.

"아. 머리가 너무 아프네……"

다음 날 아침, 다이닝룸[7]에서 식사를 기다리고 있는데 아침 내내 표정이 좋지 않았던 지태가 두통을 호소했다.

"고산병인가? 근데 여태 괜찮다가 왜 이제 아프지?"

보통 사람들은 해발 고도 2,900m에서 고산증세를 느낀다. 우리가 묵은 고레파니의 해발 고도는 2,860m로 고산병 걸리기 딱 좋은 높이다. 간밤엔 내가 고산증세로 한숨도 자지 못했는데, 내내 증세가 없던 지태에게 고산병이 오다니 사람마다 고산병 오는 시기가 다르다는 말이 정말 맞나보다.(어떤 사람은 평생 고산병에 걸리지 않는다고 한다.) 우연히 같은 숙소에서 다시 만난 제스[8]가 하루 이틀 더 쉬어보고 괜찮으면 올라가고 아니면 하산하길 추천했다. 그리곤 웃는 얼굴로 한 마디 덧붙였다.

"잘못하면 너희 시체만 헬리콥터 타고 내려간다? 하하."

7) 식사하는 공간. 한구석에는 장작불을 피워 따뜻하다. 보통은 잠들기 전까지 이곳에서 대화도 하고 휴식도 취한다.
8) 126쪽 '어떤 경우에나 만족하는 비결' 참고

고산병 증세를 무시하고 계속 산에 오르다가 사람이 죽었다는 뉴스를 봤기에 섣부르게 결정할 수 없었다. 밖에는 출발 준비를 마치고 떠나려는 사람들로 북적였다.

고레파니에서 가까운 곳에 푼힐 전망대가 있다. 해발 고도 3,210m로 많은 사람이 푼힐 전망대만 다녀가기도 한다. 우리의 목적지인 ABC의 해발 고도는 4,130m로 고산병 때문에 푼힐 전망대를 가지 못하면 ABC는 당연히 갈 수 없다. 선택의 여지가 없다. 하루 더 묵는 수밖에.

오후가 되자 좀 괜찮다는 지태와 푼힐 전망대로 향했다. 그러나 이번엔 내가 문제였다. 고도가 높아지니 한 발자국만 떼어도 심장이 쿵쿵 뛰고 심하게 어지러웠다. 머리에 압력이 차는 기분은 살면서 처음이었다. 결국 몇 걸음 가지 못하고 괄약근에 힘이 풀려 숲으로 뛰어 들어갔다.

"누가 오면 꼭 말해줘야 해!"

나무에 거름을 주는 동안 지태는 사람이 오는지 망을 봤다. 하루 이틀도 아니고 벌써 나흘째 물갈이가 멎지 않는다. 짐을 줄이느라 갈아입을 팬티도 안 가져와서 팬티엔 나흘 치 똥이 그대로 묻어있다. 갈아입을 팬티 좀 가져올걸. 트레킹 끝날 때까지 똥 묻은 팬티를 입고 다녀야 한다니. 물갈이와 고산병이 계속되면 하산해야 한다. 포기하지 않는 의지와 노력에도 어쩔 수 없는 게 있음을 뼈저리게 느끼고 있다. 지태를 지팡이 삼아 간신히 숙소로 되돌아왔다. 고산병에 좋다는 생강 티와 마늘 수프를 온종일 마셨다.

다음 날 아침, 식사하고 푼힐 전망대로 다시 향했다. 확실히 어제보다는 괜찮아진 기분이었다. 마늘 수프와 생강 티 효과가 있었나 보다. 여전히 조금씩 느껴지는 고산 증세 때문에 45분이면 간다는 길을 2시간이나 걸려 도착했다. 푼힐 전망대를 알리는 표지판이 반가웠다.

푼힐 전망대 입구

'나도 이제 ABC에 도전할 수 있는 건가!'

푼힐은 나에게 전망대 이상의 의미를 가진다. 히말라야라는 엄격한 심사위원 앞에서 "통과"되는 순간 ABC까지 오를 수 있는 자격을 얻은 것 같았다. 앞으로 더 고된 트레킹이 남았음에도 안도감과 성취감이 들었다.

트레킹 다섯째 날이 되어서야 장염이 끝났다. 장염에 걸리면 온종일 누워만 있어도 진이 빠지는데 삶은 달걀, 오트밀 죽, 마늘 수프만 먹으면서 매일 9시간씩 트레킹 하려니 더 힘들었다. 정상에 오를 자신이 없다. 계속된 설사로 기력이 떨어져 매일 하산해야 하나 고민하고 있다. 날마다 내 한계를 시험하는 기분이다. 나는 여기까지야 더는 못 간다고 머리는 생각하는데 다리가 한 걸음 더 오르고 있다. 과연 정상까지 갈 수 있을까.

# 히말라야가 남긴
# 훈장

네팔 ABC 트레킹 3

찝찝하다. 매일 땀을 흘리는데 씻을 수가 없다. 고산 증세가 있으면 뜨거운 물로 샤워를 하거나 머리를 감으면 안 된다. 혈액 순환이 빨라져 고산병이 심해질 수 있기 때문이다. 몇 장 남지 않은 물티슈로 겨드랑이를 닦으며 생각했다.

'네 주제를 알라.'

너한테는 푼힐 전망대가 딱이었다고 속삭이는 마음의 소리를 외면했다. 얼마나 더 가야 할지 모르겠지만 일단은 포기하지 않는 중이다. 어차피 등산이란 두 가지 선택밖에 할 수 없다. 올라가거나 내려가거나. 내려가는 것도 올라가는 것만큼 똑같이 힘들다면 올라가고 싶다. 걷는 동안엔 이것만 생각하기로 했다.

내일이면 ABC에 도착한다. 허무하고 허무하다. ABC에 도착하면 내가 해냈다는 성취감이나 자부심이 들 줄 알았는데 아니었다. 열흘 동안 매일매일 내 한계를 시험하듯 나 자신을 몰아붙였다. 고산병과 물갈이 때문에 일정을 늘리면서 가져온 현금이 부족해졌다. 삼시 세끼 제일 저렴한 채소 볶음밥만 먹었다. 팔팔 끓인 물이 밤사이 얼어버릴 만큼 추운 날씨에 싸구려 침낭은 우리를 보호해주지 못했다. 매일 밤 이를 달달 떨며 기절하듯 잠들었다. 그동안 나는 무엇을 위해 이 고생을 한 걸까. 학교에 다닐 땐 일주일씩 밤을 새우면 눈에 보이는 결과물이 생겼다. 그러나 트레킹은 눈에 보이는 결과물 없이 다시 시작 지점으로 돌아가야 한다. 이룬 게 없는 기분이다.

가만히 내 이야기를 듣던 지태가 운을 뗐다.

그렇게 보니 허무할 수도 있겠다. 트레킹은 그럼에도 불구하고 우리가 해냈다는 성취감이 남지. 그게 눈에 보이지는 않지만 트레킹은 결과보다 고생했던 과정 그 자체가 더 중요한 것 같아. 우리가 세계여행하면서 또 이렇게 힘들 때가 있을까? 아마 살면서 두고두고 기억날 거야. 남들이 안 된다고 하던 일을 우리가 해냈다고.

얇은 경량 패딩과 바람막이, 패션 바지로 ABC 등정 성공

단 한 순간조차 의심해본 적 없다. 처음부터 지금까지, 늘 자
신은 없었지만 실패할 수도 있다는 생각은 한 적이 없다. 그
래서 오늘, 여기 안나푸르나 베이스캠프 도착. [9]

아침에 일어나보니 롯지[10]에는 우리 둘뿐이었다. 보통은 일
출을 보고 새벽같이 하산하는데 고산병 때문에 밤새 뒤척인 우
리는 일출을 포기하고 늦잠을 잤다. 새벽에 부산스러운 소리에
잠깐 잠에서 깨긴 했으나 일어나고 싶지 않았다.

_____

9) ABC 정상에서 쓴 일기
10) 트레킹 하는 동안 머무는 숙소. 나무판자나 벽돌로 지은 오두막으로 방음이나 방한이
    잘되지 않는다.

늦장을 부린 덕분에 아무도 없는 히말라야 봉우리를 전세 내고 커피 한 잔의 여유를 부릴 수 있었다. 바람마저 고요하니 시간이 멈추고 세상에 우리 둘뿐인 듯했다.

우리 둘밖에 없던 ABC의 아침

불가능한 일처럼 보였던 히말라야 정상에 도착하다니 분명 대단한 일을 해낸 것 같은데 내 삶은 눈에 띄게 달라지지 않았다. 살이 빠졌다는 것 외에는 말이다. 잠깐 허탈하게 앉아있는데 문득 한 가지 사실을 깨달았다. 눈에 보이지도 않고, 아무도 모르겠지만 대단히 변한 것이 하나 있다고. 바로, 이전에 없던 용기가 생겼다고. '그거 어려운데, 안될 것 같은데. 하지 말까?'라는 생각이 들 때마다, 뒤이어 내 안에 또 다른 목소리가 들렸다.

'내가 ABC까지 왔는데, 이 세상에 안 되는 게 어디 있겠어?'

불가능을 가능하게 하는 용기. 정상에 오르는 길을 끝까지 포기하지 않은 나에게 히말라야가 수여 한 훈장이다. 한눈에 다 담을 수 없이 거대하고, 트레킹 내내 닿을 수 없어 보였던 히말라야가 오늘은 조금 달라 보였다.

아침을 먹고 하산하는데 안개가 너무 심해 앞이 보이지 않았다. 어제 오후부터 치기 시작한 눈보라가 밤새 쌓여 무릎까지 왔다. 하산하다 보면 ABC를 향해 올라가는 사람들을 가끔 마주칠 수 있다. 모두 위 상황이 어떤지, 눈이 얼마나 쌓였는지, 갈 수 있는 상황인지 물었다. 히말라야의 날씨는 종잡을 수 없어서 갑자기 폭설이 내리기도 한다. 산사태가 나면 며칠씩 롯지에 발이 묶이고 코앞에 ABC를 두고 하산해야 한다. 우리가 ABC를 떠나고 다음 날 계속된 폭설로 많은 사람이 그냥 하산했다고 한다. 우리도 하루만 늦었다면 ABC에 가지 못했을 것이다. 하산이 얼마 남지 않았다. 조금만 더 힘을 내보자.

# 연인에서
# 전우로 변하다

네팔 ABC 트레킹 4

 큰일이다. 생리를 시작했다. 타이레놀을 먹었는데도 생리통이 점점 심해졌다. 왜 하필이면 오늘이냐. 아직 가야 할 길이 멀단 말이다. 아프면 안 된다는 의지와 상관없이 배가 당겼다. 허리와 골반을 초대형 바늘로 찌르는 것 같았다. 지태는 내 가방까지 두 개를 겹쳐 메고 걷기 시작했다. 연인에서 전우로 변하는 순간이 있다던가. 나에겐 히말라야가 그렇다. 체력과 인내심은 이미 바닥을 보인 지 오래고 가져온 현금도 얼마 남지 않았다. 혹시라도 돈이 부족할까 봐 가난한 트레킹을 하고 있다. 골반은 삐거덕거리고 정강이와 발목은 통증이 날로 심해진다. 절름발이처럼 다리를 질질 끌며 하산하고 있다. 힘든 건 지태도 마찬가지일 텐데 짜증 한 번 내지 않는 이 남자가 오늘은 좀 달라 보인다.

며칠 전, 지태가 장갑 한 짝을 잃어버렸다. 사탕을 까먹으려고 장갑을 벗어서 주머니에 넣고 걸었는데 장갑 두 짝을 모두 떨어뜨린 것이다. 다행히 한 짝은 금방 찾았는데 나머지 한 짝이 도무지 보이지 않았다. 그때 멀리서 걸어오던 등산객 한 명이 말을 걸었다. 혹시 빨간 장갑을 찾는 거라면 몇 시간 전에 봤으니 포기하라고. 그때도 지태는 화를 내는 대신 발 구린내 나는 양말을 손에 끼고 다녔다. 일주일 내내 신던 양말이었다. 트레킹 도중 장갑을 파는 상점을 찾았지만 산 물가는 터무니없이 비쌌고 주머니가 얇은 우리는 장갑 대신 양말을 택했다.

[좌] 회색 양말의 사나이 [우] 손 치워 지태야

"우리 둘 중 한 명이 고산병이 심해서 다른 한 명이 정상을 포기해야 하면 어떻게 하지? 너무 아쉬울 것 같은데.”

정상을 코앞에 두고 남편의 고산 증세가 심해져 정상에 가지 못해 화가 난 나머지, 부부싸움을 했다는 어느 여행자의 이야기를 듣고 지태에게 물었다. 지태는 아쉽지만 다음을 기약해야지 어쩌겠냐며 말을 아꼈다. 그리고 실제로 정상을 코앞에 두고 나에게 고산 증세가 왔을 때 지태는 무리하지 말라며 언제든 내려가도 자기는 괜찮다고 말했다. 이런 상황에서 나를 비난하는 대신 내 건강을 먼저 챙기는 모습에 어떤 확신이 생겼다. 이 남자라면 한 번 믿어 봐도 좋지 않을까, 하는 확신.

이혼한 부모를 보고 자란 아이는 나중에 커서 이혼할 확률이 높다는 말을 들은 적이 있다. 확실한 통계가 있는 건지 카더라 통신인지는 모르겠지만 이 말은 내 마음에 오래 남아 나를 괴롭혔다. 불행한 부모님의 결혼 생활이 다가올 나의 미래 같았다.

그래도 이 남자라면 괜찮지 않을까. 나의 부모는 행복한 결혼 생활에 실패했지만 어쩌면 나의 인생은 다르지 않을까. 지태와 함께라면 결혼이란 거 한번 해보고 싶다는 생각이 들었다.

급하게 마을에 들려 생리대를 샀다. 어디나 사람 사는 곳이라더니 이 깊은 산골짜기 상점도 웬만한 것은 다 있다. 초코파이와 신라면은 물론 네팔 현지인이 담근 김치와 김치찌개까지. 심지어 우리 할머니가 담근 김치보다 더 맛있었다. 얼마나 많은 한국인이 이곳에 오는지 실감 나는 순간이었다.

정신없이 걷다 보니 어느새 지프를 탈 수 있는 마지막 마을, 맛큐에 도착했다. 트레킹 끝! 오늘 저녁은 삼겹살이다!

〰〰〰〰〰〰

## 번외

"내가 ABC 다신 오나벼, 다신 안 올 거여! 다신!"
함께 하산하며 친해진 아저씨가 넌더리를 내며 말했다.
"내가 한라산, 지리산, 동네 뒷산까지 한국에 있는 산은 다 타봤는데 한국이 제일 좋은 거 가터~ 밤새 고산병 때문에 계속 토해써! 내가 죽으면 헬기 불러요! 했다니까! 어휴! 빨리 내려가고 싶어, 어휴! 여기 다신 안 올거여, 어휴!"
'저도요 아저씨... 이번 생에 ABC는 한 번이면 족해요.'

소가 돌아다닌다
왈왈! 양치기 개와 함께

안나푸르나 남봉
7,219m

푼힐 전망대
3,210m

비밀의 숲

마지막으로
머리 감은 롯지

고산병
조심

고레파니
2,860m

지태 장갑
잃어버린 산길

이 산골짜기에
학교도 있다

맛큐
1,680m

트레킹 시작!
울레리
1,960m

트레킹 끝!
지프 탑승

나야풀
1,070m

버스정류장

입산 허가증 받기

안나푸르나 I 봉
8,091m

눈보라 조심

엄청난 뷰 맛집
삼각대 필수

A.B.C.
4,130m

M.B.C.
3,700m

하늘과 가장
가까운 곳

마차푸차레
6,997m

여기는 쌀을
헬리콥터로 받는다

김치 & 라면
맛집

초코파이, 장갑,
옷 파는 상점
근데 돈이 없다

오늘 저녁은
삼겹살에 사이다 캬~

포카라
820m

페와호수

# 애증의 코리안
## - 증오 편

트레킹 중 만난 사람들 1

 

날진물통[11]에 끓는 물을 받아 방으로 도망쳐왔다. 난로 앞에서 계속 몸을 녹이고 싶었으나 그럴 수 없었다. 끊임없이 말을 거는 사람들 사이에 있느니 영하의 바람이 벽을 뚫고 들어와도 방이 편했으니까.

나이가 몇인지, 고향은 어딘지, 가족관계는 어떻게 되는지, 재산은 얼마나 있는지, 부모님은 뭐하시는지...

한국 사람만의 특징인지 모르겠지만 굉장히 사적인 질문들을 초면에 서슴없이 물어본다. 다른 나라 사람들과 이야기할

---

11) 날진(nalgene) 브랜드에서 판매하는 물병. 끓는 물을 담아도 변형이 없고 환경호르몬이 나오지 않는다. 끓는 물을 담아 끌어안고 자면 핫팩 대용으로 사용할 수 있다. 보통 식용수를 담아 다음날 트레킹 하면서 마신다.

땐 그냥 여행 이야기만 하고 헤어지는데 내 나라 사람들은 내 인생에 굉장히 관심이 많다. 특히 우리가 결혼했는지 대뜸 묻는 사람이 지금까지 여섯은 있었는데 모두 한국 사람이었다.

### 증오의 코리안 넘버 원

'헉 한국 사람인가 봐. 제발 말 안 걸었으면 좋겠다!'

산 중턱에서 우리를 지나친 남자가 식당 건너편에 앉아있었다. 그는 외국인 등산객과 이야기를 하면서 우리를 힐끗힐끗 쳐다보았다. 한국 사람인 건 어떻게 알았냐고? 그의 가방에 매달린 휴대용 스피커에서 나오는 아리랑 노랫소리를 듣고 알았다. 가방에 붙여진 태극기까지 그는 누가 봐도 코리안이었다. 제발 말 걸지 마라, 말 걸지 마라. 제발, 제발!

"저기... 한국분이신가 봐요? 어디에서 오셨어요? 전 가평에서 왔는데. 가평 땡땡 구 아나? 거기에 땡땡이 유명한데, 어쩌고저쩌고."

일부러 시선을 피했건만 그는 우리가 있는 쪽으로 몸을 기울여 말을 붙였다. 사람이 불편한 건 둘째 치고 말할 힘이 없었다. 말하기 좋아하는 내가 지태에게 온종일 하는 말이라곤 '쉬자, 걷자, 밥 먹자, 자자'뿐이었다. 이국에서 만나는 고향 사람이 얼마나 반가운지 알지만 피곤함에 절어서 반쯤 넋이 나가 있는 우리의 표정을 보고도 말을 건 그 남자가 오늘만큼은 원망스러웠다.

"네. 저희는 서울에서 왔어요. 가평은 잘 몰라요."

"그래? 아니 근데 위에 롯지가 한 개밖에 없다잖아, 에이씨. 야, 내가 이 나이 먹고 밖에서 잘 수는 없잖아? 안 그러냐? 지들이 어쩔 거야. 어떻게든 들여보내 주겠지. 식당이라도 재워 주든가~ 니네는 내일 어디까지 가냐? 나는 MBC까지 가는데. 저기 외국 애들이랑 같이 갈 거야."

우리가 인사를 하자 그는 신나서 말을 하기 시작했다. 초면에 우리를 아랫사람 대하듯 말을 툭툭 까는 모습과 태도가 영 불편했다. 인내심과 체력이 바닥난 나머지 마음의 소리가 입 밖으로 불쑥 튀어나왔다.

"근데 왜 반말이야? 우리가 친구야?"

차마 그 남자에게 직접 말하진 못했고 앞에 앉은 지태에게 했다. 나도 모르게 튀어나온 진심에 아차, 싫었지만 틀린 말도 아니었다. 초면에 반말하는 거 나만 불편한가. 내가 엄청난 동안이어서 자기보다 나이가 많으면 어쩌려고 그러는지. 지태는 대답할 힘도 없다는 듯 낮은 숨을 내쉬었다. 잠깐의 정적이 있었고 그는 다시 존댓말로 돌아왔다. 나이와 관계없이 사람 대 사람으로서 대해주면 안 되는 걸까. 그게 그리도 어려운 일인지 모르겠다.

### 증오의 코리안 넘버 투

히말라야의 시간은 도시의 시간과 다른 박자로 흐른다. 오후 6시면 해가 지고 컴컴해진다. 가로등 하나 없는 산속에서 길을 잃지 않으려면 새벽부터 트레킹을 시작해야 한다. 일찍 잠자리에 드는 사람들이 많아 오후 7시만 되어도 옆방의 코 고는 소리가 들린다. 대부분의 롯지는 벽이 나무판자로 되어있어서 방음이 전혀 되지 않는데, 어떤 날은 코 고는 소리가 너무 커서 설마 지태가 코를 고는 건가 확인할 때도 있었다. 모두가 같은 방에서 잠을 자는 기분이었다.

하루는 밤 10시가 되도록 옆방에서 깔깔거리는 한국인의 대화 소리가 들렸다. 내내 조용하다가 야심한 밤에 떠들다니 아마도 다이닝룸이 문을 닫자 방으로 들어와서 떠들기 시작한 것 같다. 코를 골며 잠을 자던 옆방 사람들도 다 깨서 웅성웅성 거린지 벌써 한 시간이 넘었다. 그녀들은 수학여행에 온 것처럼 일행의 뒷담화를 까고, 박수치고 웃고 떠들었다. 참다 참다 더 이상 참을 수 없어진 나는 큰 소리로 말했다.

"저기요! 너무 시끄러워요!!"

방음이 하나도 되지 않는 탓에 내가 침대에서 내지른 소리가 그녀들에게 잘 전달되었는지 이윽고 그녀들의 대답이 들려왔다.

"아니 씨발, 지만 욕할 줄 아나?"

"사람이 똑같은 말을 해도 교양 있게 해야지."

죄송하다는 말 대신 들려온 욕설에 아무 말도 하지 못했다. 깔깔대는 웃음소리와 수다는 더 시끄러워졌다. 원치 않는 그녀들의 속사정을 들으며 억지로 잠 들었다.

다음 날, 아침을 먹으려고 다이닝룸에 갔는데 한국인 여자 셋과 남자 둘이 앉아있었다. 어제 그녀들이 분명해 보였지만 모른척하려고 했다. 그런데 그녀들의 생각은 달랐나 보다. 한 사람이 날 보더니 갑자기 남자 일행에게 이야기를 시작했다.

"아니, 어젯밤에 누가 '저기요! 너무 시끄러워요!' 하는데 존나."

　나 들으란 듯이 내 이야기를 하는 데 기분이 나빴다. 그래서 끼어들었다.

　"저기요. 그게 전데요. 제가 한 시간 동안 떠드는 소리 참느라 뾰족하게 말한 건 있어요. 그렇다고 씨발은 좀?"

　"먼저 욕을 하니까 했죠. 그리고 10시밖에 안 됐는데 그게 뭐 그렇게 늦었다고."

　"저는 욕 안 했고요. 그쪽들 들어오기 전에 옆방 다 코 골고 자고 있었어요."

　"아 네. 저희가 잘못 들었나 보네요. 죄송."

　대화는 거기서 끝났다. 고개를 휙 돌린 그녀들을 뒤로하고 자리로 돌아왔다. 번화가에서 밤 10시는 늦은 시간이 아니지만 주택가나 아파트 단지에서는 충분히 늦은 시간 아닌가? 더군다나 여기는 히말라야다. 부끄러워하지는 못할망정 저리도 당당하다니 내가 다 부끄럽다.

　여행 중 많은 한국 사람들을 만났다. 한국인이라서 더 반갑기도 했지만 한국인이라서 더 짜증 나기도 했다. 아, 이런 마음을 애증이라고 부르는가.

# 애증의 코리안
## - 애정 편

트레킹 중 만난 사람들 2

한국에 있을 때 몇몇 주변 사람들은 나를 물주로 여겼다. 처음에 보이던 고마움과 미안함은 시간이 흐르면서 당연함으로 변해갔다. 내가 쓰는 돈, 노력, 시간 모든 것에 말이다. 사랑한다는 이유로 아끼지 않은 내 잘못일까. 혼자만 소중히 여기는 관계가 힘들었다. 베풀면 베풀수록 '더, 더, 더!' 달라고 하는, 더이상 내놓을 게 없으면 잃게 되는 관계를 보면서 다짐했었다. 다시는 거저 주지 말자. 그렇게 살았는데 네팔에서 대가 없이 주고받는 경험을 세 번이나 했다. 그것도 처음 보는 사람들과 말이다.

히말라야를 오르는 데 필요한 것은 생각보다 많았다. 대여를 한다 해도 몇 가지는 구매를 해야 했다. 비용도 비용이지만 트레킹이 끝나면 모두 쓸모가 없어지는 물건들이었다. 일회용품에 트레킹 비용과 맞먹는 돈을 쓰긴 아까운데 방법이 없을까.

그때 인터넷 카페에서 트레킹 후 필요 없게 된 물건을 나눔한다는 글을 보았다. 이렇게 타이밍이 좋을 수가. 그는 장갑과 털모자, 핫팩[12] 등 물건이 담긴 쇼핑백을 나에게 주었다. 거저받기 미안해서 금액을 지불하고 싶다고 말했지만 그는 끝까지 손사래를 쳤다. 멀어져가는 그의 뒷모습을 보며 감사하다는 메시지와 함께 기프티콘을 보냈다.

울레리까지 지프를 타는 날 준용이를 처음 만났다. 지프 셰어를 위해 인터넷 카페에서 알게 된 동갑내기 친구였다. 정상까지 함께 가자고 약속했는데 트레킹 하루 만에 그 약속은 없던 일이 되었다. 자전거를 타고 미국을 횡단했다던 그의 속도를 도저히 따라잡을 수 없었다. 우리와 달리 준용이의 귀국 날짜는 정해져 있었고 여기서 갈라지는 게 맞는 것 같았다.

"아. 돈이 부족하네."

그런데 문제가 생겼다. 준용이가 현금을 넉넉하게 뽑아오지

---

12) 트레킹 필수품이지만 네팔 현지에서는 판매하지 않는다.

않은 것이다. 그는 가져온 돈이 트레킹 하는데 부족하다며 진지하게 하산을 고민했다. 당연한 말이지만 산에는 ATM이 없다. 우리 또한 일정에 딱 맞게 현금을 가져왔기 때문에 빌려줄 여윳돈이 없었다. 빌려주면 우리도 돈이 모자란 상황이었다. 여유가 있다 하더라도 어제 처음 만난 사람에게 돈을 빌려주기란 쉽지 않았다. 친구 사이에서도 돈 관계는 확실히 해야 한다고 생각하는 나였기에 더 그랬다. 그러나 여기까지 와서 시작도 전에 포기해야 하는 준용이의 상황이 안타까웠다. 서로 아껴 쓰자며 돈을 얼마간 나눠주었다.

돈이 줄어든 우리는 혹시라도 돈이 모자랄까 봐 식사는 가장 저렴한 채소 볶음밥만 먹었다. 추가 요금이 붙는 와이파이나 휴대폰 충전도 하지 않았다. 그렇게 아꼈는데도 고산병 때문에 일정이 늘어나면서 돈이 부족하게 되었다.

"지태야. 우리 더 이상 일정 늘어나면 하산 못 해. 돈 없어. 큰일이다."

돈이 궁하니 빌려준 적은 돈이 어찌나 크고 아쉽게 느껴지던지, 스스로가 치사하게 느껴졌다. 사람 마음이 참 간사하다. 트레킹 첫날 물갈이를 시작했을 때 준용이가 준 지사제가 없었다면 나는 아마 탈수 병으로 기절했을지도 모른다. 받은 건 생각하지 못하고 준 것만 생각나다니.

돈이 부족해서 걱정하고 있는데 때마침 정상을 찍고 하산하는 준용이를 다시 만났다. 그는 자기가 갖고 있던 달러와 건강 비타민, 고산병약 등 우리에게 필요할 법한 물건들을 챙겨주었다. 갚을 필요도 없다고 말하면서. 이제 살았다 싶은 안도감과 함께 미안하고 고마운 마음이 들었다. 다신 만날 수 없을지도 모르는 타인에게 대가를 바라지 않고 거저 주는 마음은 어떤 마음일까. 그동안 사람을 잃고 싶지 않아 관계에 선을 긋고 살아왔는데, 어쩌면 거저 주는 마음이 잘못된 게 아니라 받을 줄밖에 모르는 사람들의 잘못 아니었을까. 일방적인 관계는 거리를 둬야겠지만 거저 주는 마음은 아무나 할 수 없는 귀한 마음이니 잘 간직해야겠다.

## 번외

트레킹하면서 당이 떨어질 때마다 엄지손가락만 한 스니커즈를 조금씩 아껴 먹었다. 지태는 초콜릿 귀한 줄도 모르고 한입에 다 먹어 버렸다. 각자 하나씩 먹는 건데 나 혼자 먹으려니 왜인지 미안하다.

"한입만 줄까?"

빈말이었는데 지태는 사양하지 않았다. 근데... 한 입만 먹어야 하는데... 나머지를 바닥에 떨궜다. 순간 닭똥 같은 눈물이 눈에서 떨어졌다. 내 아까운 초콜릿! 창피한 줄도 모르고 산이 떠나가라 울었다. 그런데 그날 저녁 롯지에서 우연히 친해진 한국인 등산객이 "드릴 건 없는데 이거라도 드세요."라며 선물을 줬다. 스니커즈였다! 분명 내가 운 건 못 봤을 텐데, 대박이다.

## 이집트에 가려면
## 욕을 준비해가세요

세계여행 매운맛 이집트

"너 모자 예쁘다! 근데 여권 사진 정말 너야? 하하."

입국 심사원의 유쾌한 농담을 들으며 이집트에 도착했다. 이집트에 온다고 긴장했던 마음이 웃음 한 번에 스르르 녹았다. 그뿐만 아니다. 시내까지 가는 공항버스를 타고 어디서 내려야 할지 고민하고 있는데 갑자기 모든 승객이 우리를 쳐다보며 말했다.

"바로 여기야! 빨리 내려!"

내리면서도 순간 사기당한 건가 찜찜했지만 구글맵을 보니 제대로 내린 모양이었다. 이 사람들, 우리한테 관심 없는 척하면서 다 도와주고 있었잖아? 이렇게 고마울 때가.

숙소를 찾아가는 길에도 지나가던 이집션이 "웰컴 투 이집트!" 하며 환영 인사를 했다. 이집트에 처음 왔다는 우리에게 "처음이자 마지막이 아니길 바란다."라며 행운을 빈다고 엄지를 들어 보였다. 오 좀 찜찜한 말인데? 그래도 다행이다. 이집트에 사기꾼이 많다는 말에 마음을 졸였는데 쓸데없는 걱정이었나 보다. 이집션 너무 친절하다고 생각하는 순간 이집트의 악몽이 시작되었다.

우버[13]를 불렀는데 택시 기사가 우리 주위를 빙글빙글 돌고만 있다. 어디냐고 메시지를 보내도 답장이 없다. 그렇다고 예약 취소 버튼을 누를 수도 없다. 취소 수수료를 물어야 한다. 설마 취소 수수료를 노리고 일부러 안 오는 건가? 한국에서는 얼마 안 되는 돈이지만 이집트 물가에서는 한 끼 식사도 가능한 돈이다. 네가 이기나 내가 이기나 해보자, 오기가 발동했다.

택시는 40분 동안 우리 주변을 돌다가 "손님 탑승함" 버튼을 누르고 멀어져 갔다. 소오름. 내가 졌다. 취소 버튼을 누르고 우버에 신고했다. 취소 수수료는 돌려받았지만 길가에 내버린 시간은 돌려받지 못했다. 피라미드가 한눈에 보이는 호텔에 가는

---

13) 현재 위치와 목적지를 입력해 택시를 호출하는 어플

날인데 아침부터 엉망이다.

하루는 도시 이동을 위해 무거운 배낭을 메고 버스 터미널에 가는 길이었다. 한 남자가 지태에게 다가와 말을 걸었다. 좋은 가격에 줄 테니 자기 상점에 와서 물건을 사라는 말이었다.

"사양할게, 지금 시간이 없어서 미안해."

버스 시간이 얼마 남지 않았고 가방도 무거워서 상점을 구경할 상황이 아니었다. 지태는 따라오는 남자에게 정중하게 사양했지만 말이 통하지 않았다. 그는 우리가 가는 길을 따라오며 연신 "Good price!"를 외쳐댔다. 아무리 거절해도 듣지 않았다. 끊임없이 자기 할 말만 쏟아냈다. 귀에 딱지가 앉겠네! 언제까지 따라오려나. 심술쟁이 할머니가 따라다니면서 잔소리해도 이것보다 낫겠다. 지태는 아예 대답하길 포기했다. 그러자 그는 나에게로 다가왔다.

"NO! NO! NO! STOP PLEASE!"(그만, 그만, 그만! 제발 그만 좀 해!)

나는 지태보다 매운맛이라고! 내가 큰 소리로 거절하자 그는 삿대질과 욕을 했다.

"뭐? Fuck you? Me too, 이놈아. 나도 Fuck you다! 이 쉐끼

야!"

참나, 처음 보는 이집션한테 욕을 먹을 줄이야. 욕은 내가 하고 싶네!

이집트를 여행하면 인류애가 사라진다더니 하루하루 그 말을 실감하고 있다. 인터넷에 가득한 욕을 보고 뭘 저렇게까지 욕하나 싶었는데 이집트에 와보니 그 이유를 알 것 같다. 택시비 몇 배 뻥튀기는 기본이요, 목적지에 다 왔다고 내려준 곳은 알고 보니 걸어서 20분 거리의 외딴곳이었다. 주변이 휑해서 수상한 마음에 구글맵을 확인하고 "여기가 아닌 것 같다."라고 말하자 택시 기사는 "거기까지는 차가 못 들어간다. 여기가 최선이다."라고 했다. 믿고 내렸는데 쌩 거짓말이었다. 돈을 마음껏 뜯지 못한 택시 기사가 고의로 외딴곳에 내려준 것이다. 현지인이 타는 기차표는 구할 수도 없었다. 매표소 판매원까지 일반석은 매진이라고 거짓말을 했다. 우리의 선택권은 비행기 가격과 비슷한 일등석뿐이었다.

여행객을 호구로 아는 이집션 때문에 길을 다닐 땐 화가 나서 미친 표정으로 누구 하나 물어뜯을 것처럼 돌아다녀야 한다. 그렇지 않으면 온갖 잡상인이 돈을 뜯어내려고 눈을 희번

덕거리며 달려든다. 앞을 갈 수 없을 만큼 길을 막고 들러붙는다. 말 걸지 말라는 아우라를 풍기며 눈깔을 부라리고 늘 화난 상태로 돌아다니려니 헐크가 된 것만 같다. 정신병에 걸릴 지경이다. 빨리 이집트를 뜨고 싶다.

## 당신의 말과
## 태도에 관계없이

이집트 아부심벨

"나는 오늘 하나도 안 행복했어."

온종일 나랑 웃으면서 사진 찍어놓고 뭐? 오늘 하나도 안 행복했다고? 그럼 나랑 찍은 그 사진들은 뭐야. 다 가식인 거니? 수많은 질문을 목 끝으로 삼켰다. 지태의 한 마디에 안 그래도 썰렁한 숙소가 더욱 싸늘하게 느껴졌다. 어디서부터 잘못된 걸까.

오늘은 영화 《트랜스포머》의 배경이 된 아부심벨에 가는 날이었다. 버스 터미널까지 택시 가격을 정하고 탔는데 막상 도착하니 택시 기사는 약속한 요금은 1인당 가격이었다며 두 배를 요구했다. 어느 나라나 택시 기사는 양아치가 많았지만 택시비를 인당 청구하는 나라는 처음이었다. 무시하고 처음에 약속했던 돈을 내밀자 택시 기사는 아예 돈을 받지도 않았다. 돈을 더 달라고 악을 쓰고 난리 치길래 택시비를 의자에 던져놓고 내렸다.

아부심벨까지 가는 공용버스는 오전 11시 반에 있다는 블로그를 보고 터미널에 온 건데 잘못된 정보였다. 공용버스는 오전 8시에 떠났고 오후 버스를 타면 숙소로 돌아올 방법이 없었다. 한 마디로 망했다. 바로 옆에는 아부심벨로 가는 미니 봉고가 있었다. 승객이 다 차면 출발하는 사설 버스였는데 공용버스보다 두 배 비싼 금액이었다. 봉고 기사와 이야기하고 있는데 옆에 있던 이집션이 끼어들었다.

"그 가격 아니잖아. 왜 이렇게 비싸게 받아?"

알고 보니 현지인은 우리의 반값이었다. 이놈의 외국인 프리미엄. 알고도 당하려니 속이 쓰리다. 차비를 흥정하려 했으나 실패했다. 그 돈이면 조금 더 보태서 숙소까지 왕복으로 데려다주는 투어를 예약하는 게 낫지 싶어서 숙소로 돌아가려는 찰나, 봉고 기사가 말을 걸었다.

"조금 깎아 줄 테니 어디 가서 절대 말하지 마."

말하지 말라고 하면 더 말하고 싶어지는 게 인지상정. 이집트 정보 카페에 글을 올렸다. 나처럼 눈탱이 맞지 말라는 의미로 버스 시간까지 정확하게 적었다.

미니 봉고를 타고 아부심벨로 가는 길에 현지인 가격을 알려준 아흐메드와도 친해졌다. 그는 아내인 아미라와 휴가를 받아 이집트를 여행하는 중이라고 했다. 바가지를 씌운 이집션을 대신해 사과한다며, 아마도 교육을 충분히 받지 못해서 그럴 거라고 우리를 위로했다. 처음이었다. 그렇게 친절한 이집션을 만난 것은. 우리를 돈이 아닌 인격체로 대해준 이집션은 한 명도 없었다. 이집션은 모두 무례하다고 생각했던 나의 편견이 부끄러웠다. SNS에 올렸던 이집트 욕을 모두 비공개로 돌렸다. 혹시라도 아흐메드와 아미라가 본다면 속상해할 것 같았다. 아부심벨 입장권을 구매하고 그들과 헤어지기 전, 아흐메드에게 부탁했다.

"구경이 끝나고 시내로 돌아갈 때 우리를 꼭 챙겨줘. 같이 돌아가자."

아무도 없는 아부심벨 신전

　미니 봉고를 타고 와서 좋은 점도 하나 있었다. 넓은 아부심벨에 우리밖에 없다는 것이었다. 삼각대를 세워놓고 사진을 실컷 찍었다. 여행하는 게 힘들긴 하지만 이집트의 유적지를 보기 위해서라면 일생에 한 번쯤은 이집트에 올 가치가 있었다. 기원전부터 존재한 미라나 피라미드는 지나간 세월이 믿기지 않을 만큼 보존이 잘 되어있었다. 실제로 그 크기가 무시무시한 아부심벨도 사람이 지었다고 믿기지 않았다. 정말로 외계인이 다녀간 건 아닐까? 우주 어딘가 미지의 생물이 산다고 해도 믿을 수 있을 것 같았다.

　아부심벨 구경이 끝나고 아흐메드와 아미라를 다시 만났다.

미니 봉고 정류장으로 걸어가면서 이런저런 이야기를 나누었다. 처음으로 내 마음을 알아주는 이집션을 만나니 그간 이집트에서 겪은 서러운 일들이 모두 생각나 털어놓았다. 내 이야기를 듣던 아흐메드가 물었다.

"한국은 안 그래?"

"당연하지! 외국인에게 바가지를 씌우는 건 불법이야. 다 잡혀 들어가."

그는 내 말을 믿지 못하는 표정이었다.

"일부 한국 사람들이 외국인 여행객을 상대로 사기를 쳤다는 기사를 종종 보기는 했어. 하지만 최소한 버스나 기차 같은 대중 시설만큼은 같은 가격의 표를 구할 수 있어. 외국인 여행자라고 일부러 안 좋은 자리를 주지도 않아. 그건 다 불법이니까."

"이집트도 법으로 규제하면 좀 나아질 텐데. 이집트는 외국인에게 사기를 쳐도 국가에서 아무런 제재를 하지 않아. 그래서 더 심한 것 같아."

얘기하다 보니 어느새 시내로 돌아가는 미니 봉고 정류장에 도착했다. 이번에도 역시나 외국인은 두 배를 불렀다. 아흐메드와 봉고 기사가 이집트어로 한참을 실랑이했다. 잠시 후 아흐메드가 이겼다는 표정으로 우리에게 웃어 보였다. 우리와 아주 어렸을 때부터 절친한 사이라고 현지인 가격으로 부탁했단다. 돌아가는 차비는 자기가 내주고 싶으니 사양하지 말라고 했다. 이런 귀인을 만나다니. 오늘 그 시간에, 그 자리에서 아흐메드와 아미라를 만난 우연이 기적처럼 느껴졌다.

이집트를 여행하면서 염치없고 무례한 사람을 만날 때마다 생각했다. 어디까지 참아야 할까. 똑같은 사람이 되기는 싫지만 무작정 참자니 상대방은 끝도 없이 무례하다. 한때 왼뺨을 맞으면 오른뺨도 내밀라는 성경의 어떤 구절처럼 넓은 아량의 사람이 되고 싶었다. 그런데 지금은 생각이 좀 바뀌었다. 나를 막 대하는 사람에게 웃어 보이는 여유와 사랑은 갖고 싶지 않다. 설령 그것이 가족이나 제일 친한 친구라고 해도 말이다. 내가 가장 먼저 사랑하고 지켜야 할 사람은 나 자신이다. 나에게 막말을 하고 못되게 구는 사람은 멀리하는 게 상책이다. 나는 당신이 함부로 대해도 괜찮은 누군가가 아니다. 이 당연한 사실을 때로는 싸우더라도 알려야 한다. 나는 소중하다. 나를 대하는 당신의 말과 태도에 관계없이.

한참을 달려 시내로 도착했다. 언젠가 다시 만나자며 아흐메드와 아미라에게 작별 인사를 건넸다. 그런데 왜인지 지태가 냉랭해 보였다.

"나는 오늘 하나도 안 행복했어."

평소와 달리 종일 무뚝뚝했던 지태였다. 내가 무슨 말을 해도 시큰둥하고 웃지도 않았다. 손을 잡고 걷기는커녕 저 멀리 떨어져서 걸었다. 힘들어서 그렇겠거니 크게 신경 쓰지 않았는데 온종일 행복하지 않았다니. 행복하지 않았다니! 그럼 사진첩에 웃고 있는 우리 사진은 다 뭐야. 충격에서 빠져나오지 못하는 사이 지태가 폭탄을 터뜨렸다.

"헤어지자, 우리."

## 세계여행 중
## 이별을 고하다

이집트라서 싸웠고, 이집트라서 못 헤어졌다

"헤어지자, 우리."

지태가 이별을 고했다. 그 순간 내 머리를 스친 건 노트북이었다. 헤어지면 노트북은 누가 가져가지? 짐은 어떻게 나눠야 하나. 여행은 계속할 수 있을까? 내일모레 크루즈 예약은 어쩌지? 한국 가는 비행기 표는 얼마야. 헤어지려면 어디 보자. 200만 원? 200만 원은 있어야 한다고? 아. 헤어지지 말까.

자동차가 굴러가려면 바퀴 네 개가 필요하듯이

여행이 길어질수록 손발이 잘 맞아야 한다. 장단점이 정반대인 우리는 합이 잘 맞는 팀이었다. 성격이 급해 덤벙대는 나와 달리 지태는 짐을 챙기고 정리를 잘했다. 시간 개념까지 철저한 지태의 장점은 도시를 이동할 때마다 빛을 발했다. 그는 새벽에 일어나 내 짐까지 다 챙겨서 나를 깨웠다. 나는 양말만 신고 나가면 됐다. 다만 낯을 가리고 말수가 적어서 사람 대하는 일은 모두 내 몫이었다. 가격 흥정부터 길을 물어보는 것까지 나에게는 쉬운 일이었다. 여행 계획 세우기와 예약 관리도 내가 했다. 지태는 나를 따라오기만 하면 됐다. 그동안의 역할분담에 만족스러웠다. 이집션을 만나기 전까지 말이다.

며칠 전, 크루즈를 예약하기 위해 선착장을 둘러보고 있었다. 아스완에서 룩소르까지 나일강을 따라 크루즈에서 잠도 자고 식사도 할 수 있는 기회였다. 왓츠앱[14]으로 예약할 수 있었지만 굳이 선착장에 나와 둘러본 까닭은 실제로 배의 컨디션을 보고 싶기 때문이었다. 길을 걷고 있는데 한 남자가 말을 걸었다. 적정 가격을 알아보고 왔는데 역시나 두 배 가격을 불렀다.

"미안, 예약 못 하겠다."

그냥 지나가려고 했는데 그가 우리 앞을 가로막았다. 예약하

---

14) 해외에서 사용하는 메신저 어플

지 않는 이유를 끈질기게 물어보는 탓에 반값에 해주는 사람을 안다고 했다. 내 말이 끝나는 순간 그의 표정이 무섭게 돌변했다. 그는 나를 노려보며 이렇게 말했다.

"예의 지켜라. 무례하게 굴지 마. 나는 지금 예의 지키고 있다."

그의 강압적인 태도와 말투에 감정은 이미 상했다. 언성은 점점 높아져만 갔다. 침 튀기는 싸움이었다. 한 푼이라도 더 벌려는 이집션과 바가지 쓰지 않으려는 코리안의 대결. 그보다 더 힘들었던 것은 이 모든 상황을 나 혼자 감당해야 한다는 것이었다. 뒤에 있는 지태에게 도움의 눈길을 보내봤지만 그는 한마디도 하지 못했다. 이럴 땐 지태의 성격이 원망스럽다. 좀 나서서 막아주면 좋으련만. 여행은 나 혼자 하나? 이집트에 와서 계속 이런 식이다. 나도 안다. 지태가 일부러 그러는 게 아니다. 그는 화가 나면 말문이 막히는 사람이다. 평소에도 말이 없는데 화가 나면 더 없어진다. 그는 태생이 화를 못 내는 사람이다. 나는 지태가 답답했고, 지태는 본인을 나무라는 나를 힘들어했다. 그게 이유다. 감정이 앞서 진심이 아닌 말이 오갔다.

아부심벨에서 온종일 지태가 무뚝뚝했던 이유는 이날의 감정이 풀리지 않았기 때문이었다. 계속되는 싸움의 끝은 이별 통보였다.

"헤어지자, 우리."

지태의 말이 땅으로 무겁게 떨어졌다. 화가 나서 어디라도 나가고 싶었다. 그러나 여기는 이집트고, 지금은 밤이다. 분하지만 무서워서 나갈 수가 없다. 아, 크루즈도 예약해놨는데. 지금 헤어지면 손해가 이만저만 아니다.

"지태야. 200만 원은 좀 아깝다. 예약한 거까지만 다 하고 헤어지자."

그렇게 이별은 보류했지만 서운한 마음이 가시지 않는다. 내가 바라는 건 별거 없는데. 같이 한마디 해주면 되는 건데.

"나는 이집션이랑 싸울 때 네가 같이 싸워줬으면 좋겠어. 나혼자 상대하기 너무 벅차고 힘들어."

"하. 또 다 내 잘못이지?"

"아니야, 너 잘못이라고 하는 말이 아니야. 지금 내가 필요한 건 위로야. 누구의 잘못을 따지고 싶지 않아."

비난을 받으면 방어기제가 작동된다. 변명하고 싶고 되받아치고 싶어진다. 미움에 잡아먹힌 전쟁터에서 살아남으려면 어떻게 해야 할까.

"너를 비난하고 몰아세우려고 하는 말이 아니야. 그냥. 네가 나보다 마음이 크니까, 어른이니까. 지금은 내가 하는 말을 다 들어주면 안 될까? 나는 이렇게 싸워도 너를 많이 사랑해."

우리는 서운했던 일을 털어놓았다. 이집트에 와서 진지한 대화를 나누긴 처음이었다. 그동안은 지나가는 말로 서운한 일을 털어놓았으니 그로선 자기를 비난하는 것처럼 들렸던 것이다. 대화 중에 변명하고 싶어도 일단은 참기로 했다. 본인의 의도나 노력에 관계없이 상대방이 힘들었다면 힘든 것이다. 그렇게 생각하니 마음이 한결 편해졌다. 그래도 자기의 단점을 인정하기 싫은 건 당연했다. 그럴 땐 빈말을 하기로 했다. "힘들었겠네, 미안해. 내가 더 잘할게."라고.

"앞으로 이집션은 내가 상대할게."

그리고 지태는 최선을 다해 그 약속을 지켰다. 여전히 무례한 이집션을 만났지만 적어도 지금은 나 혼자 싸우지 않는다. 그 사실이 내 마음에 보호벽이 되었다. 나 또한 그에게 한 약속을 지켰다. 짜증 내면서 말하지 않기, 그를 믿고 기다려주기.

그 싸움 이후 우리 관계에 쿠션이 생겼다. 가끔 감정이 나도 싸움으로 번지지 않았다. 한 발짝 물러서서 상대의 감정이 차분해질 때까지 기다리고, 시간이 지나 서운했던 일을 덤덤히 털어놓았다.

이별의 순간 우리가 헤어지지 못한 이유는 그날, 그 밤이었기 때문이다. 이집트라서 싸웠고 이집트라서 헤어지지 못했다. 안 싸우려면 잘 싸워야 한다. 특히 365일 24시간 붙어있는 상대와는 더욱더.

_우리의 약속

☑ 내가 보고 싶은 대로 상대방을 곡해하지 않기

☑ 상대방의 표정이나 감정, 말투에 숨은 의도를 내가 정하지 않기

☑ 상대방의 말을 비난으로 듣지 않기

☑ 일단 모두 인정하기

☑ 타협점 찾기

☑ 약속을 지키기 위해 노력하기

☑ 상대방에게 만족스러운 변화가 생기지 않아도 받아들이기

☑ 노력하고 있다는 사실에 의미를 두기

## 번외

by 그의 마음

"헤어지자, 우리."

나도 더는 못 참겠다. 그런데 한국 가는 비행기 표는 어떻게 사지? 근처에 공항은 있나? 그러고 보니 비행기 표를 사본 적이 없네. 후.

"근데 지태야. 200만 원은 좀 아깝다. 일단 예약한 건 다 하고 헤어지자."

화나긴 하는데 그녀의 말이 맞다. 평생 한 번 할까 말까 한 세계여행인데 여기서 이렇게 끝내기도 아쉽다. 다음 목적지인 유럽도 꼭 가보고 싶다.

"그래, 다음 주까지만 사귀는 거야."

# 태양이 뜬다,
# 언제나처럼

이집트 다합

   크루즈, 그곳은 천국이었다. 비용도 저렴한데 음식도 맛있고 내부도 쾌적했다. 무엇보다 삥 뜯는 이집션이 없었다. 아주 오랜만에 헐크가 아닌 브루스 배너[15]가 된 기분이었다.

   운이 좋게도 첫날밤 크루즈 창밖에 뜬 달이 엄청 큰 보름달이었다. 나일강에 깔린 반짝거리는 달빛에, 혹시라도 인어가 나타나지 않을까, 이 세상에 진짜 인어가 있지 않을까, 생각할 만큼 아름다웠다.

   천국은 오래가지 못했다. 2박 3일 크루즈 여행이 끝나는 날, 이곳이 이집트였다는 사실을 새삼 깨달았다. 체크아웃하는데

---

15) 헐크는 한 몸에 두 개의 인격이 공존하는 인물로 인간일 땐 브루스 배너라고 불린다.

프런트 직원이 말했다.

"한 사람당 하룻밤 1달러씩 총 4달러 내놔."

아주 당당하고 무례하게 팁을 요구하는 태도가 거슬렸다. 팁이 아니라 돈을 강탈당하는 기분이었다.

"미안한데, 그건 내 선택 아니야?"

내 말에 프런트 직원이 눈을 부라리며 나를 노려봤다. 안 그래도 그 정도 팁을 주려고 했었다. 그런데 이렇게 뺏기는 기분이 들면서까지 팁을 줘야 하나? 아까부터 눈싸움하듯 나를 무섭게 노려보는 프런트 직원을 똑바로 쳐다보다가, 그래도 이건 아니지, 싶은 마음에 팁을 내지 않고 배에서 내렸다. 크루즈를 마지막 일정으로 이집트 일주가 끝났다. 이제부터 다이버들의 천국이라는 다합에서의 한 달 살기가 시작된다.

다합에 도착한 첫날, 거리의 풍경과 사람들의 표정을 보고 생각했다. 시간이 지나면 이곳을 그리워하게 될 것 같다고. 외국인들이 많이 방문하는 지역이라 그런 건지, 시골의 외딴 마을이라 주민들이 때 묻지 않은 건지 이유는 잘 모르겠지만 다합은 다른 이집트의 도시들과는 달리 못된 이집션이 없었다. 사람들은 모두 여유롭고 행복해 보였다. 상점이나 카페를 지나

갈 때도 과도한 호객 행위가 없었다. 자기네 레스토랑에서 와서 밥 먹으라는 말에, 한 번 둘러보고 올게, 라며 거절해도 OK~ 언제든지, 라고 대답했다. 오랜만에 느껴보는 평화였다.

매일 물놀이 하리라 다짐하며 왔건만 3월의 다합 날씨는 물놀이를 하기엔 쌀쌀했다. 숙소에서 10분만 걸어 나가면 홍해에 도착했지만 한여름에도 찬물 샤워는 하지 않는 나였기에 스노클링은 엄두도 나지 않았다. 그저 하루 종일 물놀이 하는 사람들을 구경하며 카페에 앉아있는 것이 유일한 일과였다. 남는 시간엔 드라마를 정주행하고 그림을 그리다가 침대에서 뒹굴거렸다. 딱히 무엇을 하고 싶다는 생각이 들지 않았다. 장기여행을 하면서 쌓인 여독에 몸도 마음도 많이 지쳐 있었나 보다.


이집트에서 맞은 생일

밤 12시 00분. 내 생일을 알리는 알람이 울렸다. 카페에서 사온 조각 케이크를 먹고 지태에게 반강제로 손편지를 받았다. 생일을 맞아 이집트에서 가장 하고 싶었던 시나이산 트레킹을 하기로 했다. 예약을 위해 동네에 있는 여행사를 찾아갔다. 왠지 살가운 사장의 표정에 오늘이 내 생일이라고 나도 모르게 말해버렸다. 그는 너무 축하한다며 박수와 함께 생일 축하 노래를 불러주었다.

밤 10시, 여행사에서 알려준 장소로 늦지 않게 도착했다. 새벽의 산은 추우니 단단히 입고 오라고 사장이 당부했지만 가지고 있는 옷은 얇은 경량 패딩이 전부였다. 내복 대신 반소매를 여러 겹 껴입었다.

우리를 기다리고 있던 봉고차에 탑승하니 아시아인은 나와 지태 둘뿐이었다. 우리가 한국 사람이라고 소개하자 북한 사람인지 남한 사람인지 누군가 물었다. 그리곤 북한에 가보았는지, 북한에 관한 뉴스가 정말 사실인지, 핵이 무섭지는 않은지 질문을 퍼부었다.

고등학교 수학여행으로 38선을 넘어 금강산에 가보긴 했지만 북한에 대해 깊게 생각해본 적은 없었다. 나보다 더 북한에 관심이 많은 그들에게 할 말이 없어서 잘 모르겠다는 말로 대답을 얼버무렸다.

두 시간 정도 달려 시나이산 입구에 도착했다. 입구에서는 소지품 검사와 보안 검색대를 통과하기 위한 줄이 길게 늘어져 있었다. 생각보다 줄이 길어 놀랐는데 알고 보니 시나이산의 일출을 보기 위하여 전 세계에서 모여든 사람이 하루에도 수천 명은 된다고 했다.

검사를 마치니 새벽 2시였다. 트레킹을 시작하기 전, 가이드가 사람들을 모아놓고 말했다.

"함께 차를 타고 온 사람들과 트레킹 시작부터 끝까지 함께 다녀야 해. 다합으로 돌아갈 때도 같은 차를 타고 가야 하기 때문이야."

나는 다른 사람보다 걸음이 느리고 체력도 없어서 팀에 민폐를 끼치거나 낙오되면 어쩌지, 하고 걱정했지만 그런 일은 일어나지 않았다. 트레킹 중간중간 휴게소가 많이 있었고 가이드는 우리가 지치지 않게끔 자주, 그리고 오래 휴게소에서 쉬어 갔다.

시나이산은 나무나 꽃이 자라지 않는 완전한 돌산이었는데 트레킹 하는 사람들을 위해 이집트에서 길을 정비해놓아서 아주 위험하지는 않았다. 다만 불빛이 하나도 없어서 앞이 전혀 보이지 않았기에 달빛과 핸드폰 플래시를 의지해 걸었다. 일렬로 늘어진 사람들의 무리를 따라 움직이는 플래시 불빛이 사람들이 움직이는 게 아니라 빛의 행렬인 듯한 착각이 들었다.

우연히 올려다본 밤하늘엔 그동안 봤던 그 어떤 하늘보다 별이 빼곡하게 차 있었다. 가끔 낙타와 낙타 몰이꾼이 지나가며 말을 걸기도 했다. 돈을 조금만 내면 정상까지 태워다 준다는 이야기였다. 인도에서 낙타를 타고 엉덩이가 까진 지태는 아무리 힘들어도 걸어가는 게 낫다며 낮게 속삭였다. 언제쯤 도착하려나. 수다를 떨던 팀원들도 지쳐서 말이 없어졌다. 그때, 앞서가던 가이드가 뒤를 돌며 말했다.

"이제부터 정상까지 750개의 계단만 남았으니 조금만 더 힘을 내세요."

무슨 정신으로 계단을 올랐는지 모르겠다. 정신을 차리고 보니 어느새 정상에 도착해 있었다. 하늘은 아직 컴컴했고 사람들은 일출을 기다리며 각자의 자리에서, 각자의 방법으로 얼마 남지 않은 밤을 보내고 있었다. 땀에 젖은 채로 가만히 앉아있으려니 추위가 덮쳐왔다. 정상에 있는 휴게소에서 50파운드를 내고 낙타 냄새가 나는 담요를 빌렸다. 돌기둥에 기대어 일출을 기다리면서 깜빡, 깜빡, 잠이 들었다. 혹 해가 뜨는 순간을 놓칠까 봐 꾸벅, 졸다가도 눈을 떠 정면에 있는 하늘을 확인했다.

"You raise me up, so I can stand on mountains~"

어디선가 들려오는 익숙한 멜로디에 주위를 둘러보았다. 한쪽 구석에서 이스라엘 사람들이 모여 찬송을 부르고 있었다. 그들의 목소리가 시나이산 구석구석에 울려 퍼졌다. 어쩌면 이스라엘 사람들에게 시나이산은 특별한 의미를 가진 장소일지도 모르겠다. 이집트에서 노역하던 이스라엘 사람들이 그들의 땅 가나안으로 가는 길에, 그들을 인도했던 지도자 모세가 신에게 십계명을 받은 곳이 바로 여기, 시나이산[16] 이다. 그래서인지 정상엔 십자가와 함께 교회가 있다.

시간이 얼마나 흘렀을까. 어두움이 가득했던 밤하늘에 순간, 빛이 떠올랐다. 세상을 덮고 있던 어두움이 기세를 잃고 언제 그랬냐는 듯 희미해졌다. 여행하면서 많은 일출을 보았지만 시나이산의 일출은 조금 특별했다. 마치 어두움을 몰아내고 빛이 승리하는 것 같았다. 아무리 기다려도 동이 트지 않을 것 같았던, 태양이 사라진 것 같았던 밤하늘에 태양이 떠오른 것이다. 언제나 그랬듯이.

---

16) 부근에 산이 여러 개가 있어서 모세가 십계명을 받은 산인지 아주 정확하지는 않다.

시나이산의 일출

　그 순간 살면서 힘들었던 일들이 머리를 스쳐 지나갔다. 의지할 사람이 없고 갈 곳이 없어 혼자였던 밤. 나만 빼고 모두 행복해 보이던 사람들 사이로 방황하던 밤. 온 세상 불행이 다 나에게로 와 영원히 끝나지 않을 것 같던 밤.

　그리고 그 순간들을 끝내 헤쳐나간 내가 떠올랐다. 끝나지 않을 것 같던 힘든 시간도 그때뿐이었다. 어둠이 지고 결국 빛이 이기는 것처럼 언제나 끝이 있었다. 작은 희망조차 가질 수 없는 긴 밤에도 새벽은 왔다.

또렷하게 떠오른 빛이 나를 위로하는 기분이었다. 고생했다고, 다 안다고. 그리고 이제는 괜찮을 거라고.

지태 모르게 눈물을 훔쳤다. 앞으로는 그 무엇도 두려워하지 않을 것이다. 내일 아침 태양이 뜨리라 믿고 있기에 밤이 두렵지 않은 것처럼.

태양이 완전히 떠오르자 흩어져있던 팀원들이 하나둘씩 모여들었다. 가이드는 사람들이 다 모인 것을 확인하고 이제 내려가자고 손짓했다. 그를 따라 돌계단을 하나씩 내려가는데 갑자기 발에서 통증이 느껴졌다.

"지태야 발이 너무 아파서 못 걷겠다. 좀 쉴까?"

새벽부터 불편했던 신발이 터질 듯이 작게 느껴졌다. 돌로 쌓아 올린 벽에 기대어 신발을 벗었다. 양말만 신은 채 잠시 바람을 쐬는 동안 지태도 발이 아팠는지 신발 뒷굽을 꺾어 신었다. 돌산과 어울리지 않는 아쿠아 슈즈를 신고 왔기 때문이었다. 여행을 준비할 때 가방 무게를 줄이기 위해 운동화 겸용으로 신을 수 있는 아쿠아 슈즈를 챙겨왔다. 물놀이 하면서 벗겨지지 않도록 한 치수 작은 거로 사 왔더니 더 불편했다. 신발 바닥도 얇아서 올록볼록한 돌바닥이 그대로 느껴졌다. 한 걸음 내디딜 때마다 맨발로 조개껍데기를 밟는 기분이었다. 내리쬐는 햇볕은 또 얼마나 뜨겁던지.

피곤에 절어서 입구에 도착했는데 이런, 문제가 생겼다. 가이드도, 팀원도 전혀 보이지 않는 것이었다.

"지태야, 너 우리 팀 얼굴 기억나? 버스 내린 곳은? 우리 어디로 가야 해?"

"아. 나도 기억 안 나는데..."

막막한 마음으로 주위를 두리번거리고 있는데 저 멀리 누군가 우리를 향해 손을 흔들었다. 가이드였다. 그는 아직 도착하지 못한 팀원을 기다리고 있었다. 함께 팀원이 모여 있는 장소로 걸어가면서 혹시라도 낙오되는 사람이 있으면 어떻게 되는지 물었다. 그는 팀원이 올 때까지 무조건 기다려야 한다고 했다. 열 명이 시나이산에 오면 열 명이 함께 돌아가는 것이 이곳의 규칙이고, 한 명이라도 두고 떠나면 다시 시나이산으로 차를 돌려야 하므로 혼자 남겨질 일은 없다며 걱정하지 말라고 했다.

차를 타고 다합으로 돌아오는데 시나이산의 아름다운 일출이 눈에 아른거렸다. 종교가 없더라도 한 번쯤은 이 거대한 돌산과 일출을 보기 위하여 이곳에 올 가치가 충분히 있다는 생각이 들었다.

〰〰〰〰〰

## 번외

트레킹이 끝나고 집에 돌아오니 점심 먹을 시간이었다. 이대로 잠들면 밤낮이 바뀌어 고생할 게 뻔했다. 눈을 뜨고 있는지 벌써 24시간이 넘었지만 저녁까지 버티다가 자기로 했다. 허벅지를 꼬집으면서 겨우 밤에 잠들었는데 푹 자고 일어나보니 창밖은 아직도 어두웠다. 새벽 6시쯤 된 건가, 생각보다 조금 자고 일어났네? 다행이다. 생각하며 핸드폰을 확인했는데, 아침이 아니라 밤이었다.

Part 4

# 춤추듯 인생을 사는 법

# 어차피 오늘이
# 그리워진다

이집트를 떠나 터키로

만료된 이집트 비자를 들고 공항에 왔다. 30일 비자로 36일을 체류한 것이다. 보통은 비자가 만료되면 불법체류자로 간주하여 향후 몇 년간 입국 금지를 한다거나 비싼 벌금을 물게 한다. 무료 수하물에서 1kg만 넘겨도 공항 입구에서 걸릴까 봐 밤새도록 공항 검색대 후기를 찾아보고 잠들기 일쑤였던, 걱정이 많아서 준비를 많이 하고 위험한 선택은 잘 하지 않던 내가 안전하게 비자 연장을 하지 않은 이유가 있다. 바로, 간땡이가 커졌기 때문이다. 30일 비자에, 공식적인 안내는 없지만, 14일의 유예기간이 있다는 선배 여행자들의 후기를 보고 모험을 선택한 것이다.

세계여행을 하면서 생각보다 걱정했던 일이 일어나지 않고 쉽게 풀릴 때가 많았다. 허무하게 해결되었던 일들을 떠올리면서 이제는 걱정이 생길 때마다 이렇게 되뇐다.

'어떻게든 되겠지 뭐~'

그래도 막상 출국 심사대 앞에 서니 긴장이 됐다. 내 여권을 유난히 길게 들여다보는 직원의 눈빛이 뭔가 수상하다. 아니, 지금 수상한 사람은 바로 나다. 직원은 도장이 찍힌 내 여권을 넘겨보면서 내 얼굴을 뚫어져라 쳐다봤다. 최악의 상황을 생각하며 애써 아무 문제 없는 척, 당당한 표정을 지어 보였다. 나의 웃음에 그는 무뚝뚝한 표정으로 출국 도장을 쾅! 찍어주었다.

"땡큐! 굿바이!"

세계여행을 하는 동안 '오늘'을 행복하게 살기 위해 내면의 적군과 치열하게 싸웠다고 말한다면 누군가는 그게 뭐 어려운 일이냐며 나를 비웃을지도 모르겠다. 그와의 싸움에서 번번이 내가 패배했었는데 이제야 그에게서 좀 자유로워졌다. 바로 '걱정'이라는 놈이다.

어렸을 때부터 걱정이 많은 게 늘 걱정이었다. 일어나지도 않은 일을 상상해가며 스트레스를 받고 거울을 보며 대답할 말을 미리 연습했었다. 세계여행을 떠나서도 걱정하는 습관은 여전했는데, 특히 여행 초기엔 '걱정'의 공격을 많이 받아서 삶을 누리거나 여행을 즐기는 방법을 알지 못했다. 마치 숙제를 하듯이 여행을 다녔다. 매일매일 유익한 무엇인가 해내지 않으면 내가 무용해지는 기분이 들어서 마음 놓고 휴식하지도 못했다. 쉬느라 일정을 늘리면 귀국 날짜가 늦어져 취업 준비할 때 불이익이 생길 거라는 두려움도 있었다. 이제 막 여행을 시작했으면서 나중 걱정에 오늘을 놓친 것이다. 일어나지도 않은 문제를 걱정하며 오늘 행복할 시간을 저축할 필요가 있었을까. 저축한다고 모아지는 것도 아니었는데.

여행하면서 내 힘으로 통제할 수 없는 일에 스트레스받고 마음 쓰는 시간이 아까워졌다. 걱정하는 시간에 비례해 문제가 해결되는 건 아니니까. 어차피 될 일은 되고, 안 될 일은 안 되니까.

오랫동안 나를 좀먹었던 '걱정'을 떨쳐버리는 일이 이리도 간단했다니 놀라울 뿐이다. 그와의 전투에서 승리하게 된 비결은 딱 한 가지였다. 걱정했던 일이 일어나 봤자 별일도 아니라고 생각하는 것. 만료된 비자가 문제 되어봤자 벌금밖에 더 내

겠냐는 생각이 나를 자유롭게 한 것처럼.

'걱정'과 한 패거리로 오늘에 집중하지 못하도록 나를 방해하는 적군이 하나 더 있었는데, 바로 '갈망'이라는 놈이다. 가지지 못한 것을 갈망하면서 오늘과 비교하는 습관은 네팔에서 크리스마스를 보내면서 깨닫게 되었다.

설국열차 꼬리 칸처럼 북적거리는 인도 기차 안에서 지태에게 말했다. 이번 크리스마스는 히말라야가 보이는 호텔에 가자고. 인도 사람들 틈에 섞여 뒤척이기도 힘든 좌석에서 짐짝처럼 누워있는 지태가 좋다고 웃어 보였다.

여행하다 보면 공휴일이나 평일, 주말에 대한 구분이 사라진다. 모두 여행하는 날이기 때문이다. 한국에서는 안부를 묻고 떡국을 먹는 설날에도 우리는 인도 사막에서 낙타 똥냄새를 맡고 있느라 설날 기분이 나지 않았다. 그런데도 크리스마스는 한 달 전부터 기대가 되었다. 매년 크리스마스가 되면 집에 트리를 설치하고 가족이 모여 선물을 교환하던 기억 때문일까. 어쩌면 크리스마스를 기념하기 위하여 한 달 전부터 길가에 울려 퍼지는 캐럴과 반짝이는 전구 때문일지도 모르겠다. 예수님 생일에 내가 즐기는 게 예수님에게 좀 미안하긴 했지만 그날 하루만큼은 근사한 하루를 보내고 싶었다. 거금을 들여 히말라야가 창밖으로 가득 보이는 호텔을 예약했다.

호텔에 도착했을 때 지태는 연신 감탄을 내뱉었다. 호텔은 사진으로 봤을 때보다 훨씬 근사했다. 사방 어디나 창밖으로 히말라야의 산등성이가 보였다. 식당에서 밥을 먹을 때나 침대에 누워있을 때, 심지어 욕조에서 때를 미는 그 순간까지 말이다. 일출을 보려고 굳이 ABC까지 가지 않아도 알람 소리에 커튼만 걷으면 붉게 물든 피시테일[17]을 감상할 수 있었다.

히말라야 프런트 호텔 방에서 보는 일출

---

17) 마차푸차레의 봉우리. 마차푸차레란 네팔어로 물고기 꼬리라는 뜻인데 두 갈래로 갈라져있는 모양이 물고기의 꼬리를 닮아 붙여진 이름이다. 피시테일이라고도 많이 불린다.
마차푸차레는 히말라야에서 유일하게 미등정 산으로도 유명하다. 1957년 영국 등반대가 최초로 등반을 시도했으나 정상 50m를 남겨두고 실패했으며 이후 네팔인들이 신성하게 여기는 산으로 정상 등반이 금지되어 있다.

"우와! 지태야, 여기 너무너무 멋지다! 휴, 그런데 우리 한국에 있었으면 뭐 했을 것 같아? 비싼 레스토랑에 갔을까? 아니면 밤샘 피시방? 아, 게임 하고 싶다. 빨리 한국에 가고 싶다. 그치?"

"아마 그랬을 거야. 그래도 매년 크리스마스에 오늘을 그리워하겠지. 네팔에서 크리스마스라니! 살면서 언제 또 히말라야에서 크리스마스를 보내게 될까?"

그의 말을 듣는데 아차, 싶었다. 살면서 최고의 크리스마스를 보내고 있으면서 나도 모르게 한국을 간절히 바라고 있다니. 컴퓨터 게임이 하고 싶어서 눈앞에 있는 히말라야에 만족하지 못하는 인간이 나 말고 또 얼마나 있을까?

여행을 떠나기 전에는 몰랐다. 세계여행이란 평생의 꿈을 이루기만 하면 더없이 행복할 줄만 알았다. 그러나 막상 여행하고 있자니 부족한 것이 자꾸만 눈에 들어왔다. 한국에서 당연하게 누려왔던 초고속 인터넷이나 입맛에 맞는 한식당, 다음 날이면 도착하는 택배 서비스 같은 것들은 한국에만 있는 것들이었다. 친구들은 내가 부럽다고 난리였지만 나는 한국이 아니라서 이따금 불행했다. 오늘에 감사하지 못하고 가지지 못한 것만 떠올렸으니 불행할 수밖에.

저것만 가지면 더 행복할 것 같다는 생각은 틀린 생각이었다. 이것만 이루면, 이것만 해내면 더 바랄 게 없을 것 같다는 생각 대신 바로 지금부터 행복해야 했다. 내가 살고 있는 나의 삶을 먼저 사랑해야 했다. 아쉬움이란 마음이 만드는 허상이다. 가치를 두지 않으면 그 의미도 사라진다. 미래의 내가 오늘을 그리워할 거라고 생각하니 그토록 갈망했던 것들이 가치를 잃고 사라졌다. 컴퓨터 게임도, 잘 차려입은 내 모습도, 한국에서의 편리함도 모두.

알 수 없는 미래는 언제나 걱정되고, 가지지 못한 것은 언제나 매력적으로 보이지만 내가 있는 이곳에 먼저 집중해야겠다. 조급해할 필요도, 아쉬워할 필요도 없다. 시간이 지나면 오늘이 그리워질 테니.

비행기 착륙 소리와 함께 터키에 도착했다. 유심을 사려고 공항에 있는 핸드폰 가게에 들렀는데 최소 금액이 4만 원부터 시작했다. 4만 원은 너무 심한 거 아닌가! 세계 어느 나라도 제일 저렴한 요금제가 4만 원인 곳은 없었다. 여행 초기였다면 국가를 이동하기 전에 공항에서 숙소 가는 법이나 유심 가격 같은 정보를 열심히 찾아왔겠지만, 어떻게든 되겠지 하는 마음으로 거의 준비를 하지 않았더니 이런 변수가 생겼다. 구경하던 유심을 내려놓고 무료 와이파이를 사용하기 위해 근처에 있는 스타벅스를 찾았다. 커피 한 잔 마시면서 구글 오프라인 지도[18]를 다운받았다. 숙소로 가는 교통편을 찾아 저장하고 스타벅스를 나오면서 생각했다.

  '일단 숙소에 도착만 하면 다음 일정은 어떻게든 될 거야. 늘 그랬듯이.'

---

18) 인터넷이 연결되지 않아도 나의 실시간 위치를 알 수 있고 경로 찾기도 가능하다.

# 6,000원짜리 인생
# vs 10만 원짜리 인생

터키 카파도키아

새벽이 오면 동화 속으로

새벽 5시, 해가 뜨기 전에 알람이 먼저 울렸다. 터키 여행에서 가장 기대했던, 열기구를 볼 수 있는 카파도키아에 왔기 때문이다. 지난 5일 동안 바람이 많이 불어서 열기구가 뜨지 않았다고 했다. 오늘도 못 뜰 확률이 높다는 호텔 주인의 말에 걱정스러운 마음으로 창밖을 바라보았다. 그런데! 저 멀리 보이는 건 열기구 아닌가! 서둘러 원피스로 갈아입었다. 근사한 사진을 찍어야지.

숙소에서 10분만 걸어가면 마을 전경이 다 보이는 전망대가 있다. 지태와 손을 잡고 깜깜한 밤사이를 걸어 새벽과 함께 떠오르는 열기구를 보고 있자니 동화 속에 들어온 기분이었다. 매일 아침 이 광경을 보는 건 어떤 기분일까? 이 하늘 아래 터키 사람들은 회사도 가고 학교도 간다. 지구 반대편 누군가의 일탈이 누군가에겐 일상이었다.

카파도키아의 새벽하늘

새벽이 끝나면서 동화도 끝이 났다. 땅으로 내려오는 열기구와 함께 우리도 현실로 돌아왔다. 몇 년 전에 있었던 터키 환율 폭락으로 터키의 물가가 엄청나게 올랐다. 여행이 길어지면서 모아놓은 돈도 바닥나기 시작했다. 다음 주면 지태가 가장 기대했던 유럽 여행도 시작한다. 유럽에서 하고 싶은 것을 넉넉히 하기 위해서는 터키에서 최대한 돈을 아껴야 했다.

열기구를 보고 숙소로 돌아와 무료로 제공되는 조식으로 배를 채웠다. 어제저녁을 빵 하나로 때우고 일찍 잠들었기 때문에 배가 고팠다. 억 소리 나는 터키 물가에 점심 한 끼만 제대로 된 식사를 했다. 저녁은 빵과 주스를 먹고 해가 지면 배가 고프기 전에 얼른 잠자리에 들었다. 열기구를 보기 위해 새벽같이 일어나기 위한 이유도 있었다. 세계여행을 하면서 돈을 아끼기 위해 고생해본 적이 없는데 이런 궁색함은 처음이다.

　"한 달에 100만 원으로 세계여행을 한다고? 저렇게 지지리 궁상처럼 여행할 바엔 안 한다."

　SNS에 올린 우리의 여행기에 댓글이 달렸다. 날이 선 말투에 잠깐 상처를 받았지만 터키를 제외하면 우리의 여행은 궁색하거나 가난하지 않았기에 금방 괜찮아졌다.

　우리의 여행은 사서 고생하는 스타일이 아니다. 다만 돈을 절약하는 몇 가지 팁을 활용했을 뿐이다. 숙박비와 식비는 현지 물가에 맞춰 쓰고, 쇼핑은 가방 무게 때문에 거의 하지 않는다. 하고 싶은 액티비티는 운이 좋게도 다른 사람의 절반 가격에 했다. 나의 흥정 기술이 좋은 건지 사람 복이 있는 건지는 잘 모르겠다. 배낭을 메고 이동할 땐 늘 택시를 타지만 배낭이 없으면 한 시간 거리는 운동 삼아 걸어 다닌다. 배낭 무게는 비행기 무료 수하물인 7kg에 최대한 맞춘다. 돈도 아끼고 체력도 아낄 수 있다. 아낀 돈으로는 나라마다 전망이 끝내주는 호텔을 예약한다. 이 정도면 꽤 괜찮은 여행이라고 생각했는데 누군가에겐 내 인생이 6,000원짜리처럼 보일 수도 있는 걸까.

대학 시절, 교수님이 말했다.

"너네 6,000원짜리 인생 살래, 10만 원짜리 인생 살래? 돈을 번다는 건 사람이 한 끼에 6,000원짜리 국밥을 먹느냐, 10만 원짜리 한정식을 먹느냐의 차이다."

교수님의 말을 듣고 어떻게 저런 말을 아무렇지 않게 할 수 있을까 생각했다. 사람이 쓰는 돈에 따라 그의 인생에 값어치가 매겨진다면 내가 살아온 인생은 과연 얼마짜리였을까. 평생 일을 하고도 가난했던 내 부모의 삶은 채 6,000원이 되긴 했을까. 한 귀로 듣고 미처 흘려버리지 못한 교수님의 말이 마음 한 구석을 아프게 찔렀다.

그 시절의 나였다면 돈을 아끼는 여행에 대하여 부끄러워했을 것 같다. 그때의 난 돈을 중심으로 살았다. 모든 결정은 통장 잔액을 보면서 내렸다. 나의 취향이나 마음은 중요하지 않았다. 음식 메뉴나 취미생활, 옷과 화장품 모두 가격이 중요했다. 고작 100원, 200원 때문에 먹고 싶은 만두를 고르는 게 아니라 브랜드가 없는 제일 싼 만두, 유통기한이 임박해 할인하는 만두를 골랐다. 그 시절 나에게 취향은 너무나 비싼 거였고 그 누구도 내게 취향을 가지라고 말해주지 않았다. 가끔은 차비로 쓸 몇천 원이 없어 울 때도 있었다. 핸드폰 요금을 내지 못해서 끊기는 날이 많았고, 친구들과의 약속도 대부분 참석하지 못했다. 그때마다 사람들에게 가난 대신 다른 핑계를 댔다. 바빠서, 피곤해서, 취향이 아니라서.

학창 시절엔 집안 사정이 어려운 사람을 지원해주는 무료 급식 신청서가 그렇게 부끄러웠다. 가정통신문을 받는 그 순간부터 제출하는 마지막 순간까지 쉬운 게 하나도 없었다. 가정통신문을 나누어주는 방법은 새 학기 담임선생님마다 달랐었는데, 반 아이들에게 전부 나누어주면서 "필요한 사람은 써오라."고 말하는 선생님을 만날 땐 그나마 다행이었다. 간혹 반 아이들이 모두 있는 상황에서 "누구, 누구, 누구 나와서 무료 급식 신청서 받아 가라."라고 말하는 선생님도 있었다. 마치 '누구, 누구, 누구는 가난한 집 애들이야.'라는 말로 들려 어떤 표정을 지으며 교탁으로 나가야 할지 난감했었다. 부끄러운 나의 마음과 관계없이 나의 부모는 급식비를 낼 돈이 없었기에 학기 초만 되면 무료 급식 신청서를 손바닥만큼 작게 접어 교복 치마 주머니에 넣어 다녔다. 친구들에게 들키지 않도록 화장실에 가는 척 교무실에 들려야 하기 때문이었다. 그토록 가난은 누구에게도 들키고 싶지 않은 치부였다.

그랬던 내가 아끼는 여행을 하는 게 아무렇지 않아졌다. 가난이 부끄럽지 않아졌다. 어쩌면 가난의 진짜 문제는 돈이 없다는 그 자체보다 자존감을 깎아 먹는 데 있지 않았을까.

엄마는 마트에서 장을 볼 때마다 가격표를 보지 않고 장바구니에 담았다. 계산대 앞에서 엄마는 "헉 이렇게 많이 나왔어?"하고 종종 놀랐지만 습관을 바꾸지는 않았다. 아마도 그 습관은 어린 시절 상처로부터 생겨났을 것이다. 엄마는 어렸을 때 너무 가난해서 가격표를 보고 살까 말까 고민했던 게 상처였다고 했다. 이다음에 어른이 되면 가격표를 보지 않고 장을 보는 게 소원이었다며, 지금은 일부러 가격표를 보지 않는다고 했다.

희옥이는 어렸을 때부터 음식을 남기지 말라는 말이 상처였다고 했다. 돈이 없으니 음식이 돈으로 보였고, 음식을 남기면 돈을 남긴 것처럼 느껴졌단다. 배가 불러도 꾸역꾸역 먹었던 과거의 모습이 슬퍼서 지금은 음식이 남으면 바로 버려버린다. 한때 희옥이는 물건을 구매할 때 인터넷 최저가와 몇만 원 차이가 나도 매장에서만 구매했다. 최저가를 찾는 일이 가난한 마음으로 돌아가는 것 같고, 스스로 초라하게 느껴지기 때문이었다. (지금은 인터넷 최저가 찾기의 달인이 되었다.)

상처는 때때로 괜찮은 일도 괜찮지 않게 만든다. 물건을 살 때 가격 비교를 하고 가성비를 따지는 일은 가난한 사람만의 것이 아니다. 음식이 버려지는 게 아까워서 배가 부르지만 한 입 더 먹는 것도 가난함이 만든 습관이 아니다. 내일을 위해 돈을 절약하고 저축하는 습관도 부끄러운 행동이 아니다. 그러나 상처는, 별것도 아닌 일을 대단한 문제처럼 보이게 한다. 부끄러워하지 않아도 될 일을, 부끄럽게 한다.

가난에 마음을 뺏기지 않는다면 어떨까. 그렇게 할 수만 있다면 때론 정말 괜찮지 않은 일까지도 괜찮게 느껴질지 모른다. 마음만 지킬 수 있다면 말이다. 돈을 아끼기 위해 버스와 기차로 국경을 넘고, 터키에선 반강제로 저녁마다 빵 다이어트를 하고 있지만 그럼에도 꿈을 이루고 있는 지금이 좋은 것처럼.

돈이 부족하므로 생기는 장점도 있다. 나의 마음을 더 살피게 되었다는 것과 지태와(돈이 많았다면 하지 않았을) 대화를 하면서 그의 취향과 성격을 더 깊이 알게 되었다는 것이다. 도시를 여행할 때마다 해볼 만한 것들을 두고 생각했다. 내가 정말 하고 싶은 게 맞는지, 아니면 다른 사람들의 추천이나 의견에 휩쓸리는 건지. 지태와 대화하고 우선순위를 매기면서 우리는 우리가 원하는 것과 원하지 않는 것을 정확하게 알게 되었다. 확신이 있기에 기회가 왔을 때 값이 좀 나간다는 이유로 기회를 날려버리지 않았고, 반대로 후기가 많거나 유명하더라도 무턱대고 하지 않았다. 인생도 여행도, 어차피 모든 것은 선택의 문제니까.

돈이 넉넉하지 않아 아쉬운 적이 없었다고 말한다면 거짓말이다. 선택과 포기의 순간마다 돈을 더 많이 가져왔으면 어땠을까, 생각했던 때도 있다. 그래도 어쩌겠는가. 돈은 원래 있다가도 없고, 없다가도 또 없다. 호화롭게 하는 세계여행은 다음 생이 와도 불가능할 것 같다. 여행 경비를 충분히 모을 때까지 세계여행을 떠나지 않았다면 영원히 한국이었을지도 모른다.

부유한 삶을 거절할 사람이 세상에 있을까. 나 또한 한 끼에 10만 원씩 열 번을 먹어도 통장에 아무런 타격을 받고 싶지 않다. 비행기를 예약할 때 일반석이 아닌 일등석을 당연하게 결제하는 사람이 되고 싶다.

그러나 삶이 뜻하는 대로 흘러가지 않아도 괜찮다. 지금 이 정도의 삶만 되어도 충분히 만족스럽다. 먹을 돈이 없어서 걱정하지 않고, 가고 싶은 곳에 갈 수 있는, 하고 싶은 일을 돈 때문에 모두 포기하지 않아도 되는 삶. 온 세상의 빈곤을 해결할 수는 없어도 내 주변의 어려운 이웃을 돌아보고 여유를 흘려보낼 줄은 아는 삶. 나와 같은 청소년기를 보내는 아이에게 힘이 되어줄 수 있는 삶. '돈'이 중심이 아니라 '마음'을 따라 사는 사람. 남들의 시선이나 말에 의미를 두지 않고 나와 타인의 인생에 가격표를 매기지 않는 그런 사람이 되고 싶다. 싸구려 빵을 먹어도 나 자신을 불쌍하게 여기거나 부끄러워하지 않는 지금의 내가 좋다.

# 마음 근육

터키 카파도키아




**"헬로~ 칭챙총![19] ㅋㅋㅋㅋㅋㅋㅋㅋㅋㅋㅋㅋ"**

열기구를 구경하고 기분 좋게 숙소로 돌아가는 길이었다. 갑자기 들려온 인종차별 발언이 혹시 우리를 말하는 건가, 싶어서 주위를 둘러보았다. 길 건너편에 우리를 보고 숨이 넘어갈 듯 깔깔거리는 한 커플이 보였다. 남자는 우리를 보며 눈을 찢어 보였고,[20] 여자는 웃겨서 죽겠다는 표정으로 배꼽을 잡았다. 한순간 길 한복판에서 조롱거리가 된 나는 반사적으로 그들을 향해 큰소리로 욕을 했다.

---

19) 중국어의 발음을 흉내 내면서 동양인을 비하하는 말
20) 동양인의 작은 눈을 비하하는 행동

"뻑큐!!!!!!!!!!!!!!!!!!!"

그러자 남자는 미안하다는 말 대신 웃겨서 죽겠다는 표정으로 이렇게 말했다.

"그냥 농담이야~ㅋㅋㅋㅋㅋㅋㅋㅋㅋㅋㅋ"

농담? 인종차별이 농담? 주둥이에서 나온다고 다 말이 되는 줄 아나! 멀어져가는 그들을 향해 찰진 욕을 또 한 번 날려주었다.

숙소로 돌아오는 길 내내 분이 풀리지 않았다. 달려가서 그 남자 멱살이라도 잡을걸! 일대일로 싸우면 당연히 내가 지겠지만 지기 전에 누구라도 도와줬을 텐데! 고작 욕밖에 해주지 못한 내가 답답했다. 더 강하게 대응하지 못한 내가 미웠다.

"후회하면 뭐해. 바뀌는 게 없잖아."

씩씩거리는 내 옆에서 지태가 말했다. 그는 바꿀 수 없는 지난 일은 곱씹지 않는다고 했다. 인종차별을 당하거나, 구매한 물건이 바가지 쓴 가격임을 알았을 때, 상세 페이지와 호텔 상태가 달랐을 때, 그리고 안내된 시간보다 기차가 더 빨리 떠나서 놓쳤을 때 모두 지태는 화를 내거나 후회하는 대신 아무 생각도 하지 않았다. 그는 자기의 노래방 18번인 이적의 〈걱정 말아요 그대〉 노래 가사처럼 살았다. 지나간 것은 지나간 대로 그런 의미가 있다면서.

듣다 보니 그의 말이 맞는 것도 같았다. 후회해봤자 바꿀 수 있는 일이 없었다. 나는 닥터 스트레인지가 아니니까.

"나 이제 결심했어. 앞으로는 후회하지 않을 거야. 어떤 일도."

아쉽다고 생각할수록 더 많이 후회해야 할 것 같은 기분이 들 때가 있다. 아쉬움과 후회라는 족쇄를 스스로 채우는 것이다. 끄라비 야광 스노클링이 그랬다. 그날 지태를 챙기지 못한 것을 후회하고, 후회하고, 또 후회했다. 미안하다고 이미 사과했고, 지태도 정말 괜찮다고 했는데도 태국을 떠나 캄보디아를 여행할 때까지 내내 미안한 마음을 지울 수 없었다. 마치 나에게 벌을 주듯이 지난 일을 곱씹고 후회했다.

여행하면서 종종 생기던 아쉬운 마음을 이제는 일부러 갖지 않으려고 노력한다. 여행이 완벽해진 건 아니지만 받아들이는 여유가 생겼다. 시나이산 트레킹 때문에 밤낮이 바뀌어 스킨스쿠버 자격증 과정을 취소했을 때 그랬다. '다음에 이집트에 와서 따면 되지.'라는 생각도 일부러 하지 않았다. 마치 지금 나의 여행이 못나고 부족하다고 비난하고 손가락질하는 것 같기 때문이었다. 시간을 되돌려 과거로 갈 수 있다고 해도 동일한 선택을 할 것이다. 똑같은 실수를 저지를 것이다. 끄라비에서 야간 스노클링을 하면서 지태와 싸울 것이고, 스킨스쿠버 예약을 취소할 것이다. 그날 지태와 싸워서 지태의 마음을 알았고 그 이후에 지태를 더 신경 쓸 수 있었으니까. 그로 인해 지금의 내가 많이 자랐고 배웠으니까. 스킨스쿠버 자격증을 따지 않은 돈과 시간으로 다른 좋은 것을 했으니까. 완벽하지 않은 내 모습이, 내 인생이 바로 '나'인 거니까. 내 선택은 충분히 괜찮다. 오늘의 나도 충분히 멋있다.

어떤 마음으로 하루를 사는지도 나의 선택이었다. 필요한 것은 이미 모두 갖고 있다고 생각한다. 내 곁에는 지태가 있고 건강하게 여행도 하고 있다. 그거면 됐다. 옛날이었으면 후회하고 미워하느라 한참 마음 쓰며 남은 하루까지 망쳤을 텐데 마음 근육이 단단해진 기분이다.

# 안녕 엄마,
# 그리고 잘 가

터키

"너네 어느 나라 사람이니?"

"우리는 한국 사람이야."

"오! 터키와 한국은 형제지! 터키에 온 걸 환영한다!"

"정말 고마워, 우리도 터키를 사랑해!"

터키 어디를 가도 그랬다. 한국인이라는 이유만으로 두 팔 벌려 환영받았다. 다정한 터키 사람들을 보고 생각했다. 나는 한국에 사는 터키 사람들에게 단 한 번이라도 관심을 가진 적이 있었던가? 한국 전쟁에 목숨을 걸고 참여한 파병군에게 감사했던 적은? 아마도 없었던 것 같다. 부끄럽지만 터키 아이스 크림 말고는 떠오르는 게 없다.

터키는 한국 전쟁에서 유엔군으로 참전했다. 전쟁고아를 돌보기 위해 수원에 앙카라 보육원도 지었다. 군인 월급으로 아이들에게 용돈을 주고, 음악과 스포츠도 가르쳤다. 터키가 유엔군으로 참전한 정치적 의도가 무엇이든 무슨 상관이랴. 빼앗긴 한국의 자유를 찾아 주기 위해 그들은 목숨을 걸고 왔다. 목숨 이면에 존재한 것은 아마도 사랑일 것이다.

처음 만난 터키 사람들에게 환영해주어 고맙다며, 터키는 정말 멋진 곳이라고 엄지를 치켜드는 나를 보니 요즘은 사람 대하는 것이 퍽 괜찮아졌나 보다. 모르는 사람과 대화는커녕 누군가가 나를 쳐다보기만 해도 싫었는데 말이다.

가끔은 내가 먼저 다가가기도 한다. 열기구를 보느라 꼬박 일주일을 머물렀던 카파도키아의 숙소에서도 그랬다. 조식을 먹고 남는 시간엔 구석에서 혼자 놀고 있던 사장의 다섯 살짜리 아들 안야와 장난도 치고 그림을 그리며 시간을 보냈다.

어느새 이렇게 마음이 괜찮아졌는지는 잘 모르겠지만 그 계기는 알 것도 같다. 바로, 지태 어머니와의 '그 사건' 덕분이다.

여행을 떠나기 전, 지태의 부모님과 처음으로 만나 밥을 먹었다. 남자 친구의 부모님이 편한 사람이 얼마나 있겠냐만, 식사하는 동안 하신 어머니의 농담이 얼굴을 붉힐 만큼 퍽 불편했고 상처가 됐다. 그동안 단 한 번도 지태와 나를 비교한 적 없이 서로 부족한 것은 채워주고 잘난 것은 칭찬해주며 지냈었는데 왜인지 그 식사 자리에서 나는 지태보다 한참이나 못난 사람이 된 것 같았다. 남보다 가족이 귀한 것은 당연하고 충분히 이해했지만 은근히 드는 소외감을 무시할 수 없었다. 그 식사 이후 지태와 싸우고 진지하게 이별을 이야기했지만 헤어지지 못한 이유가 있다. 첫 번째는 이미 세계여행 출발 비행기 표를 예약했다는 것이었고, 두 번째는 우리 둘의 문제가 아니라 제3자의 문제로 헤어지는 건 아쉽다는 생각 때문이었다. 그렇게 이별은 없던 일이 되었지만 그날의 불편한 농담은 기억에서 없어지지 않았다.

세계여행을 떠나서도 지태 어머니의 농담이 떠올라 한 달은 밤마다 울었다. 그때는 어머니의 말에 상처를 받아서 그런 줄로만 알았었는데 지나고 보니 나의 슬픔은 단순히 어머니 때문이 아니었다. 고작 한 시간 만난 사람에게 상처를 받아봤자 크면 얼마나 크겠나. 그것보다는 마주할 용기가 없어서 마음 가장 깊은 서랍 속에 꼭꼭 숨겨놓고 모른 척하고 싶었던 내 엄마에 대한 기억 때문이었다. 사랑받고 싶었으나 사랑받지 못했던 어린 시절의 내가 떠올랐기 때문이었고, 듣는 나의 마음을 헤아리지 못하고 가볍게 툭, 입에서 나온 지태 어머니의 농담이 내 엄마의 말과 어딘가 닮아있기 때문이었다.

밤새 울다가 잠들어도 어머니와의 갈등을 해결해야겠다는 생각은 한 적이 없었는데 그 이유는 내 평생에 갈등이란 피해야 하고 참아야 하는 괴물 같은 녀석이기 때문이었다. 화해하고 다시 잘 지내는 것보다 연락처를 차단하고 조용히 관계를 끊는 게 편했다. 어머니와도 연을 끊고 싶었지만 지태와 만나는 이상 그럴 수 없다는 사실이 힘들었다. 아마도 이 습관은 내 엄마와 해결되지 않은 관계에서 왔을 것이다.

누군가는 가출이라고 부르는 일을 몇 번 한 적이 있다. 내 꿈이 비행 청소년은 아니었지만 더 맞지 않으려면 어쩔 수 없이 집을 나와야 했다. 그날도 그랬다. 이제는 정말 마지막이라는 생각으로 무작정 거리로 뛰쳐나왔다. 엄마와 잘 지내보고 싶었지만 화가 날 때마다 무서운 말을 쏟아내고 손에 잡히는 물건을 모조리 나에게 집어 던지는 엄마를 더는 감당할 자신이 없었다. 숙식 제공되는 공장이라도 들어가면 되지, 이 한 몸 굶어

죽기야 하겠나 싶은 생각이었다.

영원히 연을 끊겠다는 다짐 사이로 문득, 그래도 엄마라는 생각이 들었다. 엄마도 힘들었을 텐데. 엄마도 혼자서 우리 셋을 키우는 게 많이 고단했을 텐데. 엄마를 향한 슬픈 마음에 눈물이 흘렀다. 엄마와의 오랜 갈등을 해결하고 싶었다.

집 근처 카페에서 잘 마시지도 않는 커피 두 잔을 시켜놓고 엄마를 다시 만났다. 차가운 표정으로 내 앞에 앉아있는 엄마에게 오랫동안 연습했던 말을 꺼냈다.

"엄마, 나는 엄마가 날 때리지 않았으면 좋겠어. 나 이제 6살 아니고 26살이야. 말로 하면 충분히 알아듣는 어른이야."

"니가 잘못하지 마. 나는 너 때린 거, 단 한 번도 후회한 적 없어. 니가 맞을 만하니까 맞은 거지. 내 잘못 아니야."

"나는 사람이라 앞으로도 실수할 거고 잘못할 거야. 사람은 원래 완벽할 수 없어. 그래도 엄마가 말해주면 고치도록 노력할 거야. 응?"

"그러니까 니가 잘못하지 말라고!! 나는 니가 잘못하면 똑같이 또 때릴 거야, 또!!"

엄마는 끝내 미안하다거나 앞으로 그러지 않겠다는 말을 하지 않았다. 엄마는 늘 옳았고, 나는 늘 틀렸으니까. 우리 사이에 생긴 모든 갈등과 문제는 오로지 나의 잘못이었으니까. 대화는 도돌이표처럼 늘 원점으로 돌아와 끝났고 나는 문제를 해결하는 대신 입을 닫아버렸다.

발리까지 와서 우는 나를 보고 어느 날 지태가 말했다.

"엄마한테 전화하자. 이대로 울고만 있을 수는 없어. 갈등은 해결하면 되는 거야."

"갈등을 해결한다고? 갈등을? 어떻게?"

엄마와의 문제를 해결해본 경험이 없는 나로서는 서운한 점을 지태 어머니에게 털어놓았을 때 어머니의 반응이 어떨지 몰라 두려웠다. 어머니도 내 엄마처럼 무섭게 화를 내시면 어쩌지? 기분이 나쁘다고 소리를 지르시거나 욕을 하시면?

그러나 밤마다 우는 일에 무척 지쳐 있었다. 앞으로도 피할 수 없는 사람이라면 이쯤에서 한 번 나의 솔직한 마음을 전하는 것도 괜찮을 것 같았다. 게다가 고작 전화 통화로 이야기하는데 걱정했던 일이 일어나 봤자 무서우면 얼마나 무서울까.

"그래 전화하자."

그는 어머니에게 전화를 걸어 나를 바꿔주었다.

"안녕하세요, 아주머니. 다름이 아니라."

어머니는 내 이야기가 모두 끝날 때까지 잠잠히 들어주셨다. 그리고 왜 진작 말하지 않았는지 물으시길래, 그때는 그냥 헤어질 생각이었다고, 지금도 결혼은 모르겠다, 라고 솔직하게 말씀드렸다. 어머니는, 결혼할 사람이라고 생각해 가족처럼 너무 편하게 말을 하다 보니 상처를 준 것 같다며 미안하다고, 앞으로는 그러지 않겠다고 말씀하셨다. 농담이니 너무 마음 쓰지 말라고, 속상한 일이 생기면 혼자 속 앓지 말고 본인에게 말하라는 말씀도 잊지 않으셨다.

통화를 끊고 생각보다 잘 마무리된 이야기에 얼떨떨했다. 갈등을 직시하면 관계가 더 껄끄러워질 것 같아 걱정했는데 막상 전화하고 나니 그간 고민했던 게 무색할 만큼 아무 일도 일어나지 않았다. 관계는 전혀 악화되지 않았고 마음은 편해졌다. 지구 반대편에서 걸려온 전화 내용이 달가운 말이 아니라 불편하셨을 텐데도 어머니는 끝까지 나를 비난하거나 화를 내지 않으셨다. 미안하다고, 앞으로 그러지 않으마 하셨다. 살면서 이런 어른을 만난 적이 있었던가. 어머니의 사과가 고마웠다.

그 통화 이후 더 이상 밤마다 울지 않게 되었다. 갈등이 마냥 두려운 것은 아님을 알게 되었다. 없는 척 살아왔던 내 엄마에 대한 상처도 똑바로 볼 수 있게 되었다.

어린 날의 나는 엄마를 사랑했다. 엄마에게 인정받고 싶었고 칭찬 듣고 싶었다. 엄마도 그랬을 것이다. 보육원에 보낼까 생각은 했을지언정 끝까지 포기하지 않았던 이유도 사랑이었을 것이다. 다만 사랑하는 방법을 알지 못했기에 잘못 끼운 단추처럼 우리가 어긋났을 테지.

아주 오랜 시간 잊고 있었던 어린 나를 다시 만난 기분이다. 소중한 관계를 망치기 위하여 기를 쓰고 달려들었던 내면의 치유되지 않은 상처가, 엄마가 이제는 아프지 않다. 안녕 엄마, 그리고 잘 가.

## 번외_여드름과 마음 상처의 상관관계

갈등이란 불을 내뿜는 괴물인 줄만 알았었는데 갈등을 해결하는 경험을 하면 할수록 갈등은 잘 길들인 용 같았다. 갈등을 해결하면서 우리는 서로를 더 많이 이해하고, 가까워지고, 깊어진다. 어떤 갈등은 지난 상처를 돌아보고 회복되는 계기가 되기도 한다. 어떻게 하면 이 괴물 같은 갈등을 더 잘 길들일 수 있을까.

거울을 보는데 얼굴에 볼록 올라온 여드름이 마음 상처와 어딘가 닮아 보였다. 화장으로 여드름을 가릴 수 있는 것처럼 마음의 상처가 없는 척, 행복한 척 행동할 수 있다. 그러나 하루 끝에 화장을 지워야 하는 것처럼 괜찮은 척도 영원할 수는 없다.

여드름이 나으려면 곪아서 터져야 한다. 염증이 남아 있으면 상처가 아물지 않을 테니까. 참으로 역설적인 말이다. 낫기 위해서는 먼저 아파야 한다니. 마음 상처도 마찬가지다. 아프겠지만 직시해야 나을 수 있다. 슬픔이 다 터져 나와야만 마음이 회복될 수 있다.

고름마다 터지는 알맞은 시기도 따로 있다. 짜야 할 때가 있지만 기다려야 할 때도 있다. 터질 때가 안 되었는데 보기 싫다고 무리해서 터뜨리면 흉이지는 것처럼 스스로 감당할 수 없을 때 억지로 터뜨리면 안 된다. 때를 볼 줄 아는 지혜도 필요하다.

마지막으로 가장 중요한 것이 있다. 바로 약이다. 물론 시간이 지나면 저절로 괜찮아지기도 하지만 적절한 약을 바르면 더욱 빨리 회복될 수 있다. 마음 상처의 약은 주변 사람들의 사랑과 너라면 무엇이든지 할 수 있을 거라는 믿음, 그리고 그게 언제라도 기다려주겠다는 인내심이면 되지 않을까.

나의 어떠함과 관계없이 무조건 용납당할 때, 받아들여질 때 나의 마음이 조금씩 괜찮아지고 있었다. 너그러운 마음으로 나의 말과 행동을 받아들여 준 그들의 이면에 존재하는 것은, 분명 사랑일 것이다.

# 당신에게 아름다운
# 말이 되어주고 싶다

영국 런던

 

 

터키에서의 2주가 하루처럼 지나갔다. 여행은 장소보다 사람이 남는다고 했던가. 그 어느 나라보다 다정했던 터키 사람들을 떠나는 마음이 마치 친정을 떠나는 것처럼 아쉬웠다.

영국을 시작으로 유럽 일주가 시작되었다. 사람들은 모두 원어민 선생님 마이크처럼 생겼고, 등 뒤에서 들려오는 영어 발음은 해리포터의 한 장면 같았다. 화면 속에서만 보던 장면이 눈앞에서 펼쳐지다니 신기했다.

오랜만에 오는 대도시라 그런지 버스 카드를 사는 것도, 지하철 노선을 찾는 것도 어려웠다. 그동안 여행한 나라는 목적지를 말하고 탑승요금을 흥정하면 뚝딱 도착했었는데 여기는 모두 기계가 대신했다. 흥정할 필요도 없었다. 문도 죄다 자동문이었다. 저절로 열리는 문에 놀라기까지 했다. 너무 오랫만에 신식 문물을 접한 탓이다. 두리번거리는 모양새와 신기한 마음이 꼭 시골에서 갓 상경한 촌놈이 된 것 같았다.

숙소에 짐을 풀고 타워 브릿지로 향했다. 요즘 푹 빠진 어반 스케치[21]를 하기 위해 잔디 위에 돗자리를 깔았다. 그림을 그리기 시작한 지 5분이나 지났을까, 삐뚤삐뚤 튀어나온 선이 왠지 마음에 들지 않았다.

"타워 브릿지 너무 복잡해! 그리기 어렵게 생겼어!"

역시 나는 이런 어려운 그림을 그리기엔 실력이 부족한 것 같았다. 벌써 망한 것 같아서 이대로 포기하고 싶다, 생각하는데 옆에서 자기 그림을 그리고 있던 지태가 말했다.

"망했다고 생각하지 마! 안 망했어! 좋네! 완전 멋있어!"

"아 망한 것 같은데, 그럼 완성이나 해볼까?"

"안 망했어!"

끝까지 내 그림이 멋있다는 그의 칭찬 때문에 연습 삼아 그려보자며 다시 펜을 들었다. 그런데 막상 그려놓고 보니 너무

---

21) 현장에서 그리는 그림. 여행지의 풍경이나 일상의 모든 사물이 그림의 대상이 된다.

잘 그린 거 아닌가! 나에게 이런 실력이 있었던가? 완성된 내 그림을 본 그도 놀라서 당황했는지 오묘한 표정을 지었다.

"막 그린 줄 알았는데 진짜 잘 그렸네... 나는 망했는데... 그동안 못한다고 생각하고 시도조차 해보지 않아서 그랬나 봐. 너는 원래 실력이 있었던 거지."

런던 타워브릿지 [좌] 언언 [우] 지태의 어반스케치

나는 이렇게 멋있는 그림을 그릴 수 있는 실력이 없다고 생각했었다. 당연히 못 그릴 거라고 믿고 있었다. 그런데 그동안 못 그릴 것 같다는 생각과 실패하고 싶지 않다는 두려움에 시도조차 안 했던 것임을 깨달았다. 내가 내 한계를 짓고 있었다. 나는 못 한다고 생각했기에 그동안 못 했던 것이다. 실력보다 중요한 건 나를 믿어주는 마음이었다. 무슨 일이든 못하는 게 아니라 안 하는 거라는 마음과 태도로 하루가 차곡차곡 쌓이고 있다.

언제부터였을까. 내가 나를 믿어보기 시작한 것이. 나는 꽤 멋있는 사람이라고, 뭐든 할 수 있다고, 사랑받을만한 가치가 있는 사람이라고 생각한 것이. 살면서 처음으로 가져보는 생각이다. 밤마다 나를 짓누르던 무거운 죄책감도, 죽고 싶다는 생각도 더는 들지 않는다. 어쩌면 세계여행을 하며 지태의 이야기만 듣다 보니 세뇌를 당해버린 것일지도 모르겠다. 눈에 보이지도 않는 말 한마디 한마디가 이렇게나 큰 힘이 있다니. 더 나은 사람이 되고 싶다는 꿈을 꾸게 만들다니. 놀라운 일이다.

돌이켜보면 늘 그랬다. 예전이나 지금이나 나는 똑같은 사람인데 곁에 누가 있느냐에 따라 나의 삶이 정반대로 흘러갔다. 칭찬은 날 뿌듯하게 하고, 연습하게 하고, 성장하게 했다. 내가 어디까지 닿을 수 있는지 궁금하게 했다. 나를 언제나 믿어주는 사람들 덕분에 나는 꽤 괜찮은 사람으로 살 수 있었다. 그러나 자존감 도둑들 사이에 있을 때의 나는 달랐다. 늘 패배자였다. 그들은 나의 단점만 보았고 불가능한 이유만 찾아냈다. 꿈을 꾸고 목표를 세우는 내 앞에서 그들은 이렇게 말했다.

"네가? 절대 못 해. 내가 너를 아는데 꿈 깨라."

애정 없는 조언이었다. 나를 위해 하는 말이라고 포장했지만 사실은 비난이었다. 그들은 언제나 '포기해야 하는 이유'를 늘어놓았다. 그 말을 듣고 있자면 전부 옳아 보였다. 나는 부족해 보였고, 능력이 없어 보였고, 상황 또한 여의치 않아 보였다. 그들과 함께 있을 때의 나는 작고 초라했다. '꿈, 용기, 낯선 경험, 미래를 위한 도전' 같은 단어는 어렸을 적 장래 희망이 적힌 일기장처럼 더 이상 들춰보지 않게 되었다.

반대의 경우는 어땠는가. 나를 항상 믿어주는 그 사람들은 모든 상황에서 '해도 되는 이유'를 말해주었다. 그 되는 이유란 보통 '네가 하고 싶은 거니까'의 다른 말이었다. 그냥, 너를 믿으니까. 이보다 더 멋진 말이 있을까. 두려움과 용기의 경계선에 서서 내가 할 수 있을까 고민할 때마다 그들은 이렇게 말했다.

"넌 돼. 내가 알아. 너는 짱이니까 다 할 수 있어. 그리고 못 해도 돼. 망쳐도 돼. 너 가는 곳에 나도 갈 테니까."

그들은 나의 모자란 1%가 되어주었다. 49%와 51%를 결정하는 것은 거창한 무엇이 아니었다. 나를 믿고 격려해주는 사소한 말 한마디였다. 모두가 안 된다고 말해도 상관없었다. 옆에 있는 한 사람만 된다고 말해준다면. 그 말을 하는데 때로 용기가 필요할지라도 말이다.

파리에 갔을 때 디즈니랜드를 방문했다. 광장에 많은 사람이 모여 앉아있길래 무슨 일이 있나 했더니 한 시간 뒤 일루미네이션 쇼를 보기 위해 기다리고 있던 거였다. 다리도 아프고 좋은 자리에서 쇼를 보고 싶기도 해서 우리도 자리를 잡았다. 그런데 쇼가 시작할 즈음 앉아있던 사람들이 하나둘 일어나기 시작했다. 다 같이 앉아서 보면 편할 텐데! 그때 내 옆에 앉아있던 한 사람이 외쳤다.

"Sit down please!"(자리에 앉아 주세요!)

처음엔 아무도 듣지 않았다. 그러나 그 사람은 포기하지 않았다. 계속해서 외쳤다. 부끄럽지도 않은지 정말 큰 소리로. 그런데 잠시 후, 놀라운 일이 벌어졌다. 뒤에 앉아있던 사람들이 함께 외치기 시작한 것이다.

"Sit down please!!"(자리에 앉아 주세요!!)

서 있던 사람들이 하나둘 자리에 앉기 시작했다. 서 있던 대부분의 사람들이 자리에 앉았다. 그러나 가장 앞에 서 있던 세 명의 생각은 달랐다. 마지막까지 자리에 앉지 않았다. 사람들이 뭐라고 하든지 말든지 서서 보겠다는 굳은 의지가 보였다. 앉아있는 사람들은 포기하지 않고 아까보다 더 큰 목소리로 외쳤다.

"Sit down please!!!"(자리에 앉아 주세요!!!)

결국 마지막 세 명까지 자리에 앉았고 사람들은 환호성을 질렀다. 눈앞에서 일어난 광경을 믿을 수 없었다. 한 사람의 용기 있는 외침이 없었다면 어땠을까. 그곳에 모인 사람들 모두 불편하게 서서 봐야 했을 것이다. 나는 용기가 없어서 그 외침에 동참하지 못했다. 언젠가 나도 그 사람처럼 크게 외칠 수 있을까, 생각하면서.

　내 불행한 어린 날을 직시하면서부터 생긴 꿈이 하나 있다. 나와 비슷한 상황의 사람들에게 힘이 되어주고 싶다는 것이다. 히말라야가 보이는 네팔의 어느 카페에서 매일 글을 썼다. 부끄러워서 숨기기에만 급급했던 나의 부모와 가난, 상처들이 누군가에게 위로와 용기가 되어줄 수 있다면 얼마나 좋을까. 내 이름, 허가언의 뜻을 따라 '아름다운 말씀'이라는 의미를 가진 작가명도 만들었다. 아름다울 언에 말씀 언, 언언. 당신에게 아름다운 말이 되어주고 싶다. 누군가의 아름다운 말로 오늘의 내가 된 것처럼 나와 같이 긴 터널을 지나는 이에게 말해주고 싶다. 뭐든 할 수 있다고, 내가 안다고. 그리고 못해도 된다고.

# 다른 우주로의
# 초대

영국 그리고 스페인

런던에 간다고 결정했을 때부터 가장 기대했던 것은 뮤지컬 《맘마미아》였다. 몇 년 전 뉴욕을 여행했을 때 브로드웨이에서 맘마미아를 보고 싶었다. 그러나 안타깝게도 내가 여행하기 직전, 맘마미아 팀이 본고장인 영국으로 돌아갔다. 언젠가 영국에 가겠다 다짐 했었는데 드디어 온 것이다.

보고 또 봐서 어느 대사는 아예 외워버린 맘마미아를 뒷좌석에서 보고 싶지는 않았다. 일부러 비싼 돈을 내고 로열석을 예매했다. 뮤지컬이나 연극을 좋아하는 나와 달리 지태는 살면서 제 돈을 주고 극장에 온 적이 없었다. 뮤지컬은 처음이라고 했다. 내가 아니었다면 그가 뮤지컬에 큰돈을 쓸 일은 평생 없었을지도 모른다.

맘마미아 뮤지컬에서 가장 기억에 남는 순간은 단연 커튼콜[22]이다. 아바의 댄싱퀸 노래와 함께 사람들은 흥을 주체하지 못하고 하나둘 자리에서 일어났다. 배우들과 함께 댄싱퀸 노래를 부르면서 신나게 몸을 흔들었다. 낯을 가리는 지태와 나도 자리에서 일어나 춤을 췄다. 그 순간만큼은 그 누구도 신경 쓰이지 않았다. 눈물이 핑 돌만큼 행복했다. 숙소로 돌아오는 버스에서 우리는 맘마미아 OST를 들었다. 신나는 마음을 감추고 남들 몰래 엉덩이를 들썩거렸다. 정류장에 내려 걸어가는데 그가 말했다.

"오늘 맘마미아, 정말 감동이었어."

여행하면서 취향이 갈릴 때가 있다. 내가 뮤지컬을 좋아하는 만큼 그는 건축물에 관심이 많다. 건축가라는 그의 직업은 고등학교 3학년, 성적에 맞추어 넣은 원서 중에 딱 한군데만 합격해서 입학한 것이긴 했지만 타고난 취향도 잘 맞았던 것이다. 그는 타지마할이나 앙코르와트 같은 곳에 갈 때마다 나보다 한두 시간은 더 돌아다녔다. 한 바퀴를 휙 둘러보고 구경이 끝난

---

22) 공연이 끝난 후 출연진들이 관객의 박수에 답하여 다시 무대로 나오는 것

나는 벤치에 앉으며 말했다.

"너 보고 싶은 만큼 실컷 보고 와. 나는 여기에 앉아있을게."

그가 충분한 시간을 가질 수 있도록 재촉하지 않았다. 길이 엇갈리지 않도록 만날 장소와 시간을 정한 뒤, 더우면 그늘을 찾아 앉아있었고 심심하면 근처 기념품 가게를 어슬렁거렸다. 스페인의 한 시골 마을인 빌바오에 들른 이유도 순전히 그를 위해서였다. 그는 구겐하임이 꼭 보고 싶다고 했다.

호스텔에 들어가는 순간, 같은 방을 쓰는 외국인이 말을 걸었다.

"지난주 내내 비가 오더니 내가 떠나는 날에야 날씨가 좋네. 너희 정말 운이 좋구나?"

"그래? 우리는 구겐하임만 보고 떠나서 오늘 하루만 묵어. 비가 안 와서 다행이다."

"정말? 내일부터 또 비 소식이 있던데. 너 정말 럭키 걸이다!"

짐을 풀고 바로 구겐하임으로 향했다. 입장권을 사려고 줄을 서는데 생각보다 입장료가 비싸게 느껴졌다. 나는 건축물에 크게 관심이 없기도 하고 차라리 이 돈이면 커피와 케이크를 사

먹는 게 낫겠다 싶어 그가 내부를 구경하는 동안 근처에서 기다리기로 했다.

그를 보내고 입구에 놓인 팸플릿을 종류별로 챙겼다. 구겐하임 내부는 궁금하지 않지만 이곳에 왔다는 기념품은 갖고 싶었다. 세계여행을 하느라 수집하는 취미를 반쯤 포기하긴 했지만 팸플릿이나 엽서, 마그넷을 보면 그냥 지나치지 못했다.

구겐하임 팸플릿

'팸플릿도 챙겼으니 이제 기념품 가게를 구경해볼까. 그냥 구경만 해야지 구경만. 안 갖고 싶다, 안 갖고 싶다, 안 갖고 싶다……'

그런데 기념품 가게 문을 연 순간, 입구에 전시된 책 하나에 마음이 뺏겨버렸다. 요즘 푹 빠진 그림책이었다. 구겐하임 입장부터 퇴장까지 순간순간을 수채화로 그려놓은 책이라니, 너무 멋있잖아! 입장료보다 비싼 가격에 잠깐 고민했지만 정신을 차려보니 이미 결제가 끝나 있었다. 시계를 보니 아직 지태와 만날 시간이 한참이나 남아 있었다. 건물 밖으로 나와 햇볕이 따뜻하게 달군 벤치에 앉았다. 들고 온 색연필과 스케치북을 꺼내 구겐하임을 그렸다. 햇빛에 반사된 구겐하임 외벽이 마치 반짝이는 물고기의 등 같았다.

언언의 어반스케치

서로의 관심사가 다르기 때문에 나는 오늘 이곳에 있다. 취향이 다른 사람을 만난다는 것은 예측도, 상상도 해본 적 없는 새로운 세계로 서로가 서로를 데려다준다는 뜻이다. 우리는 모두 자기만의 우주를 가지고 살아간다. 다양한 사람을 만나고 그들의 가치관과 취향, 생각에 대해 공유하면서 내 우주의 지평선이 더 넓어진다.

우주 속 나의 행성엔 수많은 내가 산다. 뮤지컬을 좋아하는 나, 공부를 싫어하는 나, 엄마에게 혼나는 나, 모험을 두려워하지 않는 나.

그의 행성에도 수많은 그가 산다. 건축물에 관심이 많은 그, 커피를 좋아하는 그, 어지간한 일로 화가 나지 않는 그, 낯선 경험보다 익숙한 하루를 편하게 생각하는 그.

나의 행성밖에 없던 작은 우주에 당신이란 행성이 생기고 당신의 삶을 배운다. 서로 만나지 않았다면 경험하지 못했을 일들, 어쩌면 평생 존재하는지도 몰랐을 것들. 그러기에 다름은 소중하다. 서로의 관심사가 다를 때 그것을 불편해하지 않고 서로가 좋아하는 일을 충분히 할 수 있도록 인정하고, 배려하고, 자유를 주는 행동에서 나오는 이 사랑이 좋다. 나와 달라서, 당신이 더 좋다.

# 시대에 잊혀지는
## 한 사람이 되고 싶다

스페인 바르셀로나


천재 건축가 가우디의 나라, 스페인에 왔다. 바르셀로나는 정말 신나는 도시이다. 지하철을 타고 구엘 공원에 가는 길에 나비넥타이의 멋쟁이 할아버지가 마이크를 들고 탔다. 그리곤 노래를 부르기 시작했다. 스피커에서는 싸이의 강남스타일 반주가 나왔다. 이 할아버지, 싸이의 말 춤까지 완벽하게 준비해 왔다. 늘 있는 일인 듯 승객들도 리듬을 타고 노래를 따라 불렀다. 마치 콘서트의 한 장면 같았다. 할아버지의 노랫소리가 지하철의 굉음을 덮고 좁은 공간을 가득 메웠다. 노래가 끝나자 할아버지는 멋진 인사와 함께 지하철에서 내렸다. 아무 일도 없었던 것처럼 자연스럽게.

지하철을 타고 이동하는 길이 즐겁다. 피에로 복장의 아저씨는 아이들에게 풍선아트를 나누어 주고 있고, 바이올린 연주자는 한 정거장을 연주로 가득 채우고 지하철을 떠났다. 곧이어 색소폰 연주자가 들어오더니 연주를 시작했다. 지하철이 아니라 축제에 온 것만 같다. 바르셀로나 어디를 가도 노랫소리가 가득하다. 이것이 진정 예술의 도시인가!

"어? 너 이거 뭐야?"

신나는 기분은 오래가지 못했다. 역에 도착해 계단을 올라가는데 지태가 갑자기 내 머리카락을 들어 보였다. 끈적이는 액체와 머리카락이 뒤엉켜있었다. 나를 가리키는 그의 팔꿈치와 등에도 정체불명의 액체가 흥건했다. 근방에는 떨어질 열매도, 날아가는 새도 전혀 없었다. 그때는 몰랐다. 그것이 유럽에서 유명한 '액체 테러'[23] 라는 것을. 등 뒤에서 날아온 진녹색 액체로 옷은 엉망이 되었고 머리에선 이상한 냄새가 났다. 멋있는 사진을 찍고 싶어서 백화점에서 구매한 비싼 양복을 입고 나왔더니 우리가 부자처럼 보였나? 가방을 털어가도 먼지밖에 안 나올 텐데.

---

23) 지나가는 여행자에게 괴상한 액체를 뿌리고 닦느라 정신이 팔린 사이 가방을 훔쳐 달아나는 수법

그나마 다행이었던 것은 액체 테러를 당한 그 순간 맞은편에서 오고 있던 노부부가 우리를 도와주었다는 것이다. 노부부는 가방에서 휴지를 꺼내 생수에 적셔 우리에게 주었다. 우리가 온몸에 묻은 액체를 다 닦을 때까지 노부부는 우리의 곁을 지켜주었다. 만일 그 노부부가 없었다면 소매치기를 당했을지도 모르겠다. 테러를 당한 순간 정신이 팔려 들고 있던 가방을 벤치에 올려놓았으니 말이다. 그놈들은 아마 우리를 보고 운도 좋다며 유유히 길을 빠져나갔을 것이다.

"지태야, 오늘은 그냥 커피나 마시러 갈까?"

"좋~지."

구엘 공원은 다음을 기약하고 집으로 돌아왔다. 옷을 먼저 빨아야 했다. 그 와중에도 소매치기를 당하지 않아서 얼마나 다행이던지. 사진이 가득 담긴 핸드폰을 잃어버리는 것보단 냄새나는 옷을 입고 지하철을 타는 게 낫다. 옷은 빨면 그만이니까.


우연과 우연이 만나 기적을 만들 때

지태가 가장 기대했던 사그라다 파밀리아 성당을 보러 왔다.

스페인 여행의 마지막을 장식하고 싶어 내일 오려고 했으나 내일은 비 소식이 있어서 하루 일찍 왔다. 그런데 문제가 생겼다. 당일 입장권은 구할 수 없는 것이었다. 최소 이틀 뒤 입장권만 구매할 수 있었다. 그때면 우리는 파리에 있을 텐데 어떻게 하지? 인터넷에 검색해보니 예약하지 못해서 들어갈 수 없었다는 글만 수두룩했다. 우리의 선택지는 두 가지였다. 입장을 포기하던가, 파리로 가는 비행기 표를 다시 사던가. 두 가지 모두 마음에 들지 않았다. 들어갈 방법이 전혀 없음을 실감하는 순간, 절망한 지태의 표정을 잊을 수가 없다.

목이 말라 물을 사려고 주변을 어슬렁거리다가 1평 남짓의 허름한 컨테이너 안, 어두컴컴한 벽에 붙어있는 작은 글씨를 보았다.


"사그라다 파밀리아 티켓 히얼."


혹시나 하는 마음에 줄을 섰는데 내일 입장권을 판매하고 있었다. 맙소사! 눈물이 날 것 같았다. 온갖 정보가 다 있는 블로그에도 다음 날 입장권 구하는 방법은 나와 있지 않았는데! 내일 비 소식이 없었다면, 이 허름한 컨테이너를 발견하지 못했다면, 사그라다 파밀리아 성당은 무조건 입장하지 못했을 것이다. 우리가 입장권을 구한 건 기적이었다.

역시는 역시였다. 가우디가 죽는 날까지 몰두했던 사그라다 파밀리아 성당은 정말 대단했다. 그는 기존 건축물에 끊임없이 의문을 품고 사소한 것도 지나치지 않는 사람이었다. 그런 성격 때문에 죽어서도 전 세계에 이름을 날리는 유명한 건축가가 된 거겠지. 건축 역사에 길이 남을 천재 건축가지만 과연 그의 인생이 행복했을까? 하는 의문이 들었다. 사랑하는 사람과 보내는 시간과 웃음, 일과 휴식에 균형 잡힌 삶을 중요하게 생각하는 나로서는 가우디의 삶이 감히 안타깝게 느껴졌다. 누가 상상이나 했을까. 가우디가 교통사고로 갑자기 세상을 떠날 거라고 말이다.

가우디는 어린 시절 가족을 잃고 평생 일에만 몰두했다. 그는 대인관계 능력이 부족한 외골수였다. 누군가 자신의 기술을 베낄까 봐 자세한 도면도 그려놓지 않았다. 사그라다 파밀리아 성당을 건축할 당시 산책을 하고 돌아오는 길에 교통사고를 당했지만 아무도 도와주지 않았다. 가우디를 친 전차 운전사나 택시 기사 모두 초라한 행색의 가우디를 부랑자라고 생각했기 때문이었다. 천재 건축가는 그렇게 길 위에서 죽음을 맞았다.

천재의 삶이 그렇게 고독해야만 한다면 나는 천재가 아니어도 좋다. 완벽한 하루를 보내지 않아도 괜찮다. 그저 오늘은 너와 향이 좋은 커피를 마시고, 내일은 마음이 맞는 친구들을 만나 시간을 보내고 싶다. 시시콜콜한 농담에 웃고, 웃긴 춤을 추면서. 그렇게 시대에 잊혀지는 한 사람이 되고 싶다.

# I've got your back
(내가 너의 뒤에 있어)

체코 프라하

"퉤퉤!! 웨벨렐레!! 낄낄낄."

순식간에 일어난 일이었다. 콘 아이스크림을 사서 뒤를 도는 순간, 중학생 정도 되어 보이는 남자애가 내 아이스크림에 코를 처박고 침을 뱉었다. 내 손과 팔이 그 애가 튀긴 침으로 축축했다. 예상하지 못한 전개에 벼락을 맞은 듯 몸이 굳었고 아무 말도 나오지 않았다. 그저 멀어져가는 그 애를 노려볼 뿐이었다. 그 사이 아이스크림이 녹아서 손으로 흘러내렸다. 아주 잠깐, 아까운데 그냥 먹을까, 생각했지만 그대로 쓰레기통에 처박아버렸다. 아까 그놈 코에 처박았어야 했는데.

5월의 프라하는 생각보다 추웠다. 봄옷은 몇 번 입지도 못하고 구석에 걸어놓았다. 날씨가 추우니 나가기도 싫었다. 프라하 한 달 살기를 하면 매일 영화같이 살 줄 알았는데 그냥 침대에 누워 영화만 봤다. 유일한 외출은 식자재를 사러 마트에 가는 것이었다.

오늘도 그랬다. 평소처럼 장을 보고 자주 가던 아이스크림 가게에 들렀다. 지태와 사이좋게 콘 아이스크림을 하나씩 들고 나오는데 난데없는 침 세례를 받은 것이다. 너무 놀라서 다리가 움직이지 않았다. 심장이 뻣뻣해지는 기분이었다. 한참을 그 자리에 서 있다가 쿵쿵대는 심장 소리가 잠잠해질 즈음 카페로 자리를 옮겼다.

"왜 이런 일은 나한테만 일어나는 걸까?"

양손에 커피를 들고 자리에 앉는 지태에게 말했다. 합리적인 의심이었다. 우리는 언제나 함께 다녔지만 그는 단 한 번도 이런 일을 겪은 적이 없다. 타깃은 오로지 '나 혼자'였다. 우리 둘 다 아이스크림을 들고 있었지만 그 남자애는 지태를 먼저 지나쳐 내가 있는 곳까지 굳이 목을 뻗어 침을 뱉었다.

파리 디즈니랜드에서도 비슷한 일이 있었다. 우리가 길을 걸어가는데 갑자기 저 멀리 중학생 정도 되어 보이는 남자애가 나를 향해 빠른 속도로 달려왔다. 그리고 자기 발끝으로 내 정강이를 세게 걷어차고는 자기 혼자 길바닥에 데굴데굴 굴렀다. 웃겨 죽겠다는 듯 배를 잡고 깔깔거리면서. 잠시 후 주변으로 그 애의 친구들이 몰려들었다. 자기들끼리 웃으며 귓속말하는 소리가 번역 없이도 무슨 말인지 알 것 같았다. 지나가던 사람들이 우리를 보고 멈추어서 웅성거렸다. 분명 무슨 일이 일어난 것 같긴 한데 이해가 되지 않았을 것이다. 피해자로 보이는 그 남자애는 바닥에 누워서 웃고 있었고 가해자로 보이는 나는 정강이를 붙들고 아파하고 있었으니 말이다. 옆에 서 있던 지태가 나에게 괜찮은지 물었다. 놀라서 대답하지 못했지만 전혀, 하나도 괜찮지 않았다. 그 애에게 화를 내고 사과를 요구했어야 했는데 그러지 못했다. 그 순간만큼은 아무 생각도 들지 않았다. 마치 파란불에 길을 건너다 트럭에 치인 것처럼 말문이 턱 막혔다. 다리를 절뚝이며 벤치에 앉았다. 평소에도 피곤할 때마다 절름발이가 되는 오른쪽 다리였다. 내가 여자라서 만만하게 보였던 걸까? 만약 내가 남자였다면, 그랬다면 이런 일을 겪지 않을까? 그런 생각이 머릿속을 떠나지 않았다.

인도네시아 발리에서 현지인에게 유명한 수영장에 갔을 때,

나는 여자라서 수치스러웠다. 외국인이 거의 없어서 그랬던 걸까. 남자들은 비키니를 입은 내 몸을 노골적으로 훑어봤다. 내 허벅지에서 눈을 떼지 못했다. 시선을 피해 수영장 구석까지 갔지만 어딜 가든 따라오던 그 시선과 하얀 눈동자가 징그러워 도망치듯 금방 수영장을 떠났다.

인도 아그라에서 전통 의상인 사리를 입었을 때도 그랬다. 수만의 남편 라무는 나에게 너무 아름답다고, 지태만 아니면 나를 아내로 들이고 싶다고 말했다. 그것도 자기 아내와 나의 남편 지태 앞에서. (인도에서는 지태를 남편이라고 소개했다.) 내가 얼마나 우스워 보였으면 그런 말을 했을까. 아무도 웃지 않는 농담을 아무렇지 않게 하면서 웃는 라무를 보며 소름이 끼쳤다.

나를 투명인간처럼 지나쳤던 캄보디아의 툭툭 기사는 어땠는가. 여자가 혼자 세계여행을 하면 위험하다는 말이 이런 걸까. 글쎄, 나는 한국에서도 비슷한 경험을 자주 했다. 특히 컴퓨터 게임 오버워치[24]를 할 때마다 여자라는 이유로 무례한 말을 들어야 했다.

오버워치에는 팀 보이스라는 기능이 있다. 힘을 합쳐 적을

---

24) 블리자드 엔터테인먼트가 개발하고 배급하는 다중 사용자 1인칭 슈팅 게임

처치하기 위해 헤드셋을 착용하고 대화를 하는 것이다. 팀 보이스에 들어가면 대부분의 남자는 내가 여자라는 이유로 시비를 걸었다.

"팀에 여자가 있어서 지겠네."

"재수가 없다. 여자가 게임을 왜 하냐?"

"여자는 힐러[25] 나 해라, 힐러는 여자가 해야 제격이지."

차라리 이런 말은 양반이었다. 여자니까 야한 소리 내 봐라 같은, 살면서 있는지도 몰랐던 성희롱도 많이 당했다. 팀 보이스에 들어가면 게임에 관한 이야기보다 여자이기 때문에 하는 말을 더 많이 들었다. 처음엔 그렇게 말하는 남자들과 싸웠다. 일일이 받아치고 같이 욕을 했다. 그러나 강도는 더욱 심해져 갔다. 더 힘든 것은 나 혼자만의 싸움이었다는 것이다. 함께 게임을 했던 남자인 친구들 모두 남의 일처럼 행동했다. 나의 싸움에 단 한 마디도 거들지 않았다. 오히려 나에게 이해하라고 했다. 쟤네는 사람이 아니니까 무시하라고, 그냥 네가 참으라고 말이다.

대학 시절 떠났던 캐나다 유학 생활에서도 이와 비슷한 일을

---

25) 다친 아군을 치료해주는 캐릭터. 공격하는 딜러와 방벽을 들고 싸우는 탱커로 구분된다.

겪은 적이 있다. 비슷하지만 전혀 다른 결과의 일을 말이다. 그 당시 식사는 주로 공용 주방에서 해결했는데 매일 비슷한 시간에 밥을 먹던 알렉스와 우연히 친해지게 되었다. 나는 친구로서 그와 잘 지내는 줄 알았는데 어느 날 그가 나에게 고백을 해 왔다. 여러 번 정중하게 고백을 거절했음에도 그는 일방적으로 나를 따라다녔다. 1층 도서관에서 내가 공부를 하고 있으면 어떻게 알았는지 그도 도서관을 찾아왔다. 내 옆에 앉아서 나를 빤히 쳐다보다가 사라지고, 내 방 출입문 밑으로 나를 사랑한다는 장문의 편지를 매일 써서 밀어 넣었다. 내가 원피스를 입고 공용 주방에 간 날에는 조용히 다가와 속삭였다.

"내 마음을 흔들어놓을 작정이 아니라면, 그런 옷은 입지 마."

점점 강해지는 그의 행동에 두려워진 나는 학교 선생님에게 도움을 청했다. 이튿날 경찰이 알렉스를 찾아가, 나에게 먼저 말을 걸 수 없고 이를 어긴다면 숙소 퇴실과 더 나아가 캐나다 강제추방도 될 수 있다고 경고했다. 그리고 일본 유학 팀 스태프로 있던 테레사를 소개해 주었다. 테레사는 말했다.

"I've got your back."[26] (내가 너의 뒤에 있어.)

그 말을 듣는데 적어도 이 상황이 나 혼자만의 싸움은 아니라는 생각이 들었다. 상황은 변하지 않았지만 두려울 게 없었다. 테레사가 소개해 준 스태프 친구들 모두 '우리는 한 팀'이라고 말했다. 공용 주방에서 알렉스를 만나는 게 걱정된다면 일본 유학 팀에 합류해 식사해도 된다고, 언제나 환영이라고 말해주는 그들이 있어 든든했다.

여행하면서 내가 당한 차별과 무시는 지태의 잘못이 아니다. 게임하면서 들었던 무례한 말과 성희롱도 남자인 친구들의 잘못이 아니다. 내가 여자니까 보호해달라고 하는 말이 아니다. 다른 성별을 이유로 편 가르기를 하자는 게 아니다. 다만 그런 상황에서 내 옆에 서서 아무 말도 하지 않고 가만히 있는 너를 보면 속상하다. 남의 일처럼 무관심한 태도가 더 마음이 아프다. 당사자가 아닌 이상 완전히 공감하기는 어렵겠지만 그래도 우린 한 팀이니까 함께 싸워주면 안 될까? 남이 아니라 '우리'니까. 그렇게 못되게 구는 애들한테 내가 화내는 것보다 더 너의 일처럼 화내 주면 안 될까. 나는 그거면 된다. 내가 혼자 당

---

26) 직역하자면 내가 너의 뒤를 가지고 있다, 라는 뜻으로 너의 뒤에서 무슨 일이 일어나도 내가 지켜줄게, 내가 있으니 걱정하지 마, 라는 뜻이다.

하고 싸우는 걸 보고만 있지 말아 줘.

지태가 들고 온 카페라테의 얼음이 다 녹아서 흐릿해졌다. 카페 구석에서 그동안 서러웠던 일을 말하는데 눈물이 멈추지 않았다. 괜스레 오른쪽 정강이가 아프게 쑤셔왔다.

# 이 여행의
# 끝을 잡고

러시아 모스크바

 한국행 비행기 표를 샀다. 고등학생 때부터 늘 타보고 싶었던 러시아 횡단 기차를 탈까 하다가 비행기보다 비싼 기차 가격과 일주일이라는 지루함을 상상하니 버틸 수가 없어서, 그리고 슬리핑 기차라면 인도에서 질리게 탔기에 누워서 가는 기차에 대한 로망도 사라져버려서 그냥 비행기를 예약해버렸다.

 세계여행의 마지막 도시는 러시아 모스크바로 정했다. 이틀만 머무를까 하다가 왜인지 아쉬운 마음에 일정을 일주일로 늘렸다. 그렇게 가고 싶던 한국이었는데 막상 세계여행을 끝낸다고 생각하니 '끝'이라는 단어가 무겁게 느껴졌다. 그래서 바짓가랑이를 붙들고 늘어지는 아이처럼 이 여행의 끝을 잡고 일정을 늘린 게다. 하루라도 그 '끝'을 미루기 위하여.

나와 달리 지태는 하루빨리 한국에 가고 싶어 했다. 귀국해서 집을 구하고 취업 준비할 생각에 막막하더라도 이제는 그냥 한국에 가고 싶다고, 여행이 이쯤 되니 뭘 해도 감흥이 없다나. 나 또한 네팔 트레킹 이후 몸과 마음이 지쳐 여행 권태기가 온 것은 사실이다. 그렇지만 한국에 가고 싶은 이유가 여행이 지루해져서 그런 건 아니다. 맛있는 음식, 게임, 로켓배송과 야식 때문이지. 이제 일주일이면 한국 땅을 밟는다니, 실감이 나지 않는다.

모스크바는 도시가 작아서 할 게 많지 않았다. 여행의 마지막을 어떻게 보낼까 하다가 그림을 그리기로 했다. 헨젤과 그레텔이 마음을 뺏긴 과자 집처럼 빨갛고 번쩍이는 성 바실리 대성당을 찾았다. 색연필과 물감, 돗자리까지 가방 가득 챙겨서.

그늘진 잔디밭을 찾아 돗자리를 깔고 그림을 그리는데 사람들이 몰려들었다. 너무 멋있다고 우리를 향해 엄지를 치켜세우는 사람들과 짧은 중국어로 수다를 떨었다.

성 바실리 대성당 [좌] 언언 [우] 지태의 어반스케치

그림을 그리다 보니 어느새 태양이 정수리에 와있었다. 뜨거워진 정오의 해를 피하고자 근처에 있는 카페로 이동했다. 코코아와 라테 한 잔을 시켜놓고 앉아있는데 문득 우리가 여행하면서 참 많이 변한 것 같다는 생각이 들었다. 특히 지태의 생활력이 강해졌다. 러시아행 비행기를 탈 때 그랬다. 시간은 촉박한데 손에 든 짐은 왜 이렇게 많은지. 곧 한국에 간다고 짐 걱정 없이 쇼핑했더니 손에 든 쇼핑백과 양복, 가방 수만 대여섯 개가 넘었다. 마음은 급한데 챙길 게 많아서 정신이 없었는데 지태가 척척 나서서 비행기에 늦지 않게 탈 수 있었다. 짐 검사를 위해 늘어놓은 짐을 양손에 잔뜩 들고 탑승장을 찾아가는 그의

뒷모습이 그렇게 든든했었다. 그가 나서서 사람 대하는 일도 많아졌다. 가격 흥정은 물론 때로 싸우기까지 했다. 이집트에서 크루즈를 흥정할 때 뒷짐 지고 서 있던 지태가 이렇게 변하다니.

그에게 물었다. 나는 여행하면서 무엇이 변한 것 같으냐고. 그는 나의 정신력이 강해졌다고 답했다. 예전이었으면 화냈을 일을 그러려니 하고 불평도 하지 않는다고. 밥도 많이 먹는다는 말도 잊지 않았다. 그는 우리가 불필요한 감정 소모를 하지 않게 되어서 참 좋다고 했다. 사소한 말과 행동에 신경 쓰거나 불편해하지 않고, 더 편해지고, 더 받아주고, 더 너그러워진 것이 우리가 변한 것 중에 가장 마음에 든다고 말이다.

지금은 세상에서 가장 죽이 잘 맞는 지태지만 역시 인연이 아닌 것 같다며 포기하고 싶었던 적도 있었다. 안 맞아도 어쩜 이렇게 안 맞을 수 있는지 도저히 그를 이해할 수 없는 밤이 있었다. 그러나 온 우주에 그와 나 단둘만 남아있었고 도움을 줄 만한 사람은 없었다. 오직 둘의 문제로 싸웠고 누구의 간섭이나 참견 없이 둘이서 해결했다. 집안, 학벌, 직업 모든 훈장을 다 떼고 서로의 민낯을 확인하는 과정이 유쾌하지 않았지만 그랬기에 우리는 우리가 될 수 있었을 것이다.

세계여행이란 인생을 뒤바꾸는 엄청난 일이라고 믿었던 때가 있다. 일 년 동안 내 생활을 모두 멈추고 그저 하고 싶은 마음만 따라 산다는 게 거대하고 어려워 보였다. 그런데 막상 하고 나니 별일도 아니었다. 삶을 통틀어 일 년은 참 짧은 기간이었다. 일 년 취업 늦게 한다고, 돈 벌지 않고 쓰기만 한다고 걱정하고 미뤄왔던 게 무색할 만큼. 언젠가의 행복을 위해 오늘을 힘들고 바쁘게 살아왔던, 세계여행을 바라기만 한 십 년이 어색할 만큼.

"지태야. 세계여행이 정말 인생을 바꿀 수 있을까?"

"글쎄. 그렇게 생각하면 세상에 인생을 바꿀 수 있는 무언가가 존재하긴 할까?"

"그래도 하나는 확실히 알 것 같다. 우리는 세계여행을 함께 오지 않았으면 진작 헤어졌을지도 몰라."

"아마도!"

## 번외

공항에 도착해 한국행 비행기를 기다리는데 계속 신이 났다. 노래도 만들어 불렀다. 삼겹살~ 업진살~ 곱~창~ 막~창~ 이제 밤에 배고 프면 안 참아도 되는 거야? 야식 배달되는 거야? 밤 11시 넘어서 돌 아다녀도 안전한 거야? 로켓배송 실화야? 우와~~~

돌풍을 동반한 비바람이 분다는 일기예보가 있었는데 비행기 창밖 으로 보이는 하늘이 화창하다.

입국장 저 멀리 현미와 희옥이가 손을 흔들고 있었다. 여행을 떠나던 그 날처럼, 그 모습 그대로. 너희를 보니 이제야 실감이 난다. 드디어, 한국이다!

**여행을 마치며** _ 꿈을 다 이루고 나면

**다시 한국**

"하이고, 니 이제 왔나!"

여행하는 동안 짐을 맡아주신 이모부의 반가운 목소리가 들렸다. 트럭에 짐을 싣는 동안 이모부는 두고 가는 건 없는지 계속해서 살폈다.

"이모부 또 놀러 올게요!"

"오야, 잘 살아라."

이모부의 잘 살라는 인사를 뒤로하고 서울 변두리의 우리 집으로 향했다. 우리가 함께 구한 첫 번째 집이었다. 짐을 풀고 가장 먼저 한 일은 사과마켓에 짐을 파는 것이었다. 혼자 살면서 필요한 게 왜 이렇게 많았었는지 익숙했던 가구들이 새삼 낯설게 느껴졌다.

여행을 떠나기 전, 트럭에 짐을 한가득 싣고 이모부 집에 갔었다. 이모부는 끝도 없이 밀려 들어오는 내 짐을 보고 말했다.

"하이고야, 짐이 왜 이렇게 많노! 이거 다 사느라 돈도 못 모았을 낀디. 옷은 또 몇 박스고! 내보다 짐이 많네! 하!"

짐을 맡아주겠다는 말을 무를 수 있다면 무르고 싶다는 표정이었다. 그럴 만도 하지. 퀸사이즈 침대에 책상 두 개, 책꽂이

두 개, 4인용 식탁과 소파는 혼자 사는 사람의 짐이 아니었을 테니. 집에 있는 의자를 다 합치면 8명은 거뜬히 앉을 수 있었다. 찬장엔 언제나 통조림과 즉석식품이 가득했다. 집에 사람 초대하는 것을 좋아했기 때문이었고, 부족함이 나를 불안하게 만들기 때문이었다.

사과마켓에 짐을 팔고 지태와 마트로 향했다. 양배추 반 개, 쌀떡 하나, 어묵 하나를 계산해서 집으로 돌아왔다. 오늘 메뉴는 떡볶이다.

여행을 다녀와서 가장 변한 것이 있다면 '가지지 않는 것'이다. 아까워서 버리지 못했던 옷과 책을 정리했다. 먹을 게 쌓여 있던 찬장과 가득 차서 뭐가 있는지도 몰랐던 냉장고를 비웠다. 마트에 가면 오늘 먹을 것만 사 왔다. 언젠가 쓰겠지 싶어서 갖고 있었지만 단 한 번도 쓰지 않았던 묵은 짐도 전부 버리거나 팔아치웠다. 필요할 것 같으면 고민 없이 구매하던 습관과 함께. 집이 한결 가벼워 보였다. 더 가지지 않고 살고 싶다. 언제든 다시 떠날 수 있도록. 더 많이 비우고 싶다. 온 세상을 누리며 살 수 있도록.

오랜만에 한국에 오니 하고 싶은 일이 많다. 중고차 한 대 사서 구석구석 여행도 하고 싶고, 석촌 호수가 가까운 옥탑방을 구해서 삼겹살도 구워 먹고 싶다. 그동안 그렸던 그림으로 전시도 하고 싶고, 여행에서 있었던 일을 사람들에게 들려주고도 싶다. 하고 싶은 일을 생각할수록 귀국하기 두려웠던 마음이 언제 그랬냐는 듯 사라졌다. 지옥 같이 느껴지던 서울에서의 삶이 기대되었다.

세계여행이라는 꿈을 다 이루고 나면 어쩌지, 하는 걱정을 했었다. 꿈을 깨고 나면 뭘 해야 하나, 꿈을 이루고 있으면서도 불안했다. 그러나 살면서 단 한 번이라도 어떻게 살리라 알고 살았던 적이 있었던가. 고등학교를 졸업하고, 대학교를 졸업하고, 세계여행을 다녀온 지금까지. 막다른 곳일까 걱정하며 한 발 내디딜 때마다 또 다른 징검다리가 나타났었다. 꿈을 다 이루면 또 다른 꿈이 나를 찾아왔다.

사는 게 늘 막막하고 아슬아슬했던 어린 시절의 나를 만난다면 해주고 싶은 말이 있다. 계획한 대로 모두 이루어지지는 않을 거야. 그래도 걱정하지 마. 훨씬 더 근사할 거야. 더 재미있을 거야. 세상엔 괜찮은 사람들이 꽤 많아. 행복한 일들도 꽤 많지. 지금 하는 고민이 중요하고 거대해 보이겠지만 시간이 지나면 기억도 안 나. 그러니까 맛있는 거 많이 먹어, 라고.

"지태야, 우리 다음 세계여행은 어디로 갈까?"

"어디든지, 네가 가는 곳이라면!"

언젠가 다시 떠나자. 아직 가보지 못한 나라들과 만나지 못한 사람들이 우주 어딘가에 남아 있으니까. 떠나지 않는 이상 어쩌면 평생 모를 일들이 우리에게 오라고, 오라고 손짓하고 있으니까.

## 번외

"지태야, 우리 결혼하자."

세계여행을 함께 가자고 말하던 그 날처럼 조금은 진지한 표정과 말투로 그에게 말을 꺼냈다. 반지 대신 준비한 지갑과 편지를 탁자 위에 올리면서.

"뭐야! 이건 언제 준비한 거야?"

친구 선물이라며 종일 가방에 넣고 다니던 선물 상자가 사실은 프러포즈 선물이었다니 그가 놀랄 만도 했다. 그의 취업을 축하하기 위해 방문한 레스토랑인 줄만 알았을 테니 말이다.

"너랑 헤어지면 우리 같이 찍었던 세계여행 사진 다 지워야 하는데 그건 좀 아깝잖아? 너 아니면 여행하면서 있었던 일 공감할 사람도 없고 말이야. 인제 와서 누굴 더 만나겠어. 내가 데리고 살아야지."

농담 반, 진담 반이 섞인 내 말에 지태가 웃음을 터뜨렸다.

"좋~지!"

결혼하자는 나의 말이 좋은 건지, 지갑이 좋은 건지 통 알 수 없이 행복한 얼굴로 그가 말했다. 우리, 앞으로도 잘 살아 보자고.

나오며

사는 곳에 몸 크기를 맞추는 게 어디 잉어뿐일까.

꽃도, 나무도, 사람도 모두 자기 사는 곳에 그 크기를 맞춘다.

작은 그릇에 담기면 영원히 작게 살게 된다. 꽤 멋진 일이다.

내가 마음만 먹으면 언제든지 넓은 바다로 떠날 수 있으니까.

떠나기만 한다면 나는 무럭무럭 자라게 된다는 말이니까.

도서출판 이비컴의 실용서 브랜드 이비락은 더불어 사는 삶에 긍정적인
변화를 가져다 줄 유익한 책을 만들기 위해 노력합니다.

원고 및 기획안 bookbee@naver.com